文春文庫

殉国

陸軍二等兵比嘉真一

吉村昭

文藝春秋

目次

読谷
嘉手納
港川
城間
牧港
大山
北谷
伊祖
喜友名
安波茶
嘉数
普天間
安谷屋
仲間高台
野嵩
西原
我如古
宜野湾
前田高地
泡瀬
中城々趾
幸地
棚原
新垣
南上原
久場
翁長
上原
奥間
小波津
伊集
津波
中　城　湾
沖縄本島
知念半島
知念
知念岬

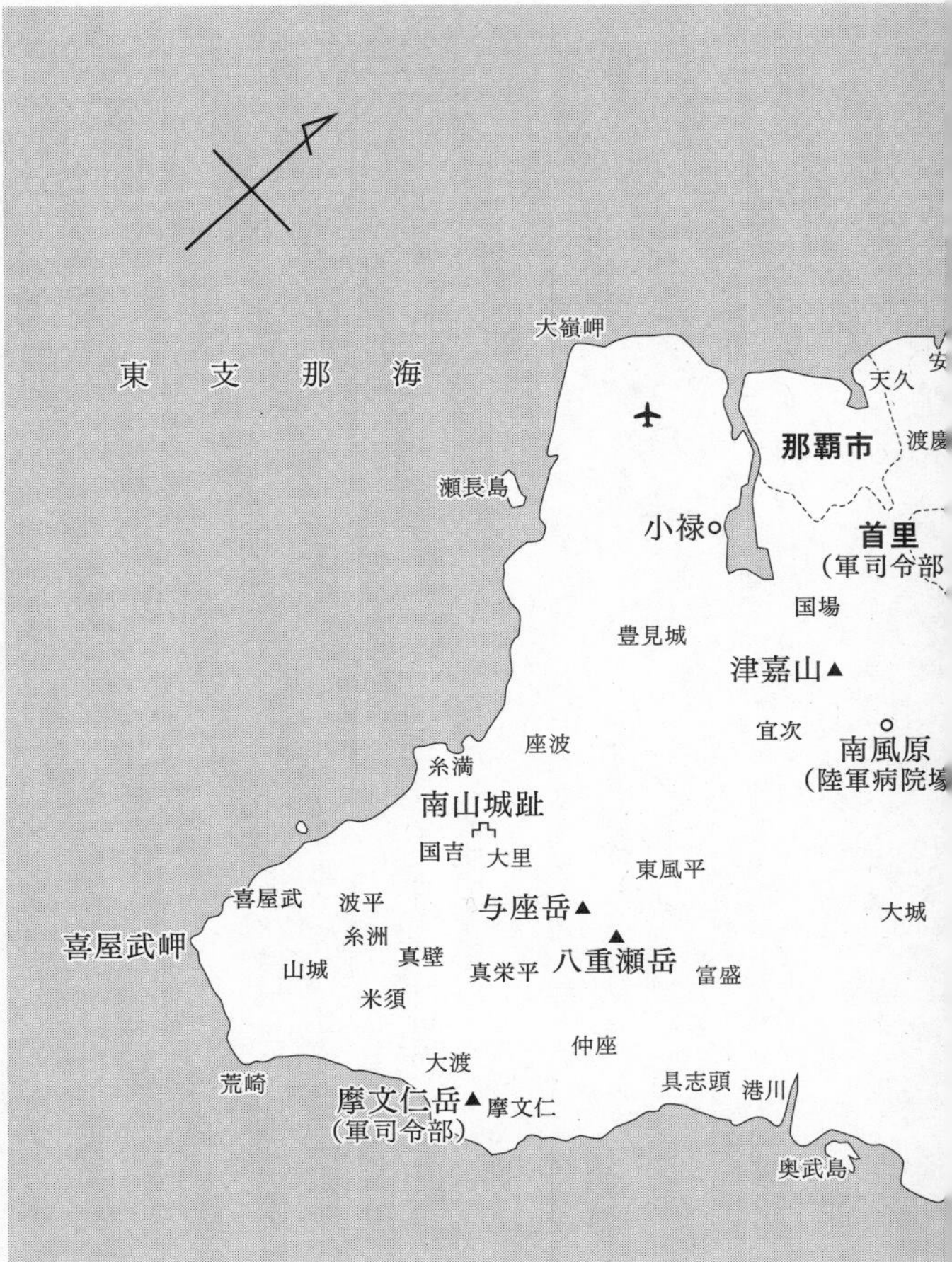

東　支　那　海
大嶺岬
瀬長島
小禄
那覇市
天久
安
渡慶
首里
(軍司令部
国場
豊見城
津嘉山
宜次
南風原
(陸軍病院壕
座波
糸満
南山城趾
国吉
大里
東風平
喜屋武
波平
与座岳
大城
喜屋武岬
糸洲
真壁
八重瀬岳
山城
真栄平
富盛
米須
仲座
大渡
荒崎
具志頭
港川
摩文仁岳
摩文仁
(軍司令部)
奥武島

単行本　一九八二年六月　筑摩書房刊
「陸軍二等兵　比嘉真一」を改題
本書は一九九一年一一月に出た文春文庫の新装版です。
DTP制作　エヴリ・シンク

殉国

陸軍二等兵比嘉真一

一

一年生、二年生の生徒たちは、声をあげて泣いていた。

お前たちはまだ幼《おさな》いのだから親もとに帰れ、と教師はさとすように繰返し言っていたが、かれらは、平生の従順さからは想像もつかぬ頑《かたくな》な表情で、整列した位置を動こうともしなかった。

夜間に空襲はとだえていたが、島の南東部方面からは、艦砲射撃の砲声と砲弾の炸裂《さくれつ》音が、轟音となって空気をふるわせていた。そして、夜空は随所に発生した火災の反映で朱色に染まり、校庭にも赤らんだ明るみがひろがっていた。

ガリ版ずりの召集令状を受けたのは、五年、四年、三年の生徒たちだけで、二年、一年の生徒たちは、召集令の発せられたことを耳にして自発的に学校に駆けつけてきていた。かれらは、眼に熱っぽい光をはりつめさせていたが、ゲートルを巻き防空頭巾《ずきん》をかぶったその体は、あまりにも幼すぎた。

かれらは、泣きながら顔を伏せていたが、時折声をつまらせて教師に同じことを執拗《しつよう》に訴えていた。かれらの同級生である一年、二年生のうち約二百名は、昨年十一月末に通信隊要員に応募し、数日前に各部隊の無線中隊に配属されていた。そのことから考えてみても、自分たちが幼すぎるから帰宅せよ、という教師の言葉は矛《む》盾《じゅん》しているし、自分たちにも充分に戦闘要員として参加する権利があるというのだ。

「それは、志願しなかったお前たちが悪いのだ」

と、教師は、反撥《はんぱつ》する。そして、通信隊要員も無条件に部隊へ配属されたわけではなく、親の承認印を得た少年特別志願兵願書を提出した者だけにかぎられている、と説く。

「ちがいます」

生徒の中から、ふるえを帯《お》びた叫び声があがった。

「みんな家から親の印鑑をぬすみ出して、それを捺《お》して出したんです」

かれらは、たかぶった感情をおさえきれぬように教師を凝視する。

「そんなことが、お前らとどういう関係があるのだ。どのような理由があるにせよ、お前らを使うわけにはいかない。これは軍と県当局で定められたことなのだ。お前らはまだ幼いのだ、親もとへすぐ帰れ」

教師は、苛《い》ら立って声をあらげる。

上級生たちは、教師と下級生との激しいやりとりを無言で見つめていた。

比嘉《ひが》真一《しんいち》も、同級生の肩ごしに下級生たちのうなだれた姿をながめていた。かれは、ひそかな優越感が胸の底から湧いてきているのを意識していた。かれの体は、小柄で、腋毛《わきげ》もまだ生えず変声もしていない。下級の生徒の中にはかれよりも発育の良い少年が多く、日頃から絶えずかれらにひけ目を感じてきた。それが、米軍上陸もせまった緊迫した折に、下級生と自分との差をはっきりとつけてもらえたことが、小気味良いような感じであった。

やがて、下級生たちは口をつぐんだ。説得していた教師の眼にも涙が光り、その体は、凝固したように動かない。

艦砲射撃の間断ない重々しい音が、南の方向から空気をふるわせて伝ってくる。空を染めた朱色のひろがりは、さらに濃さを増してきていた。

「お前らは、どこでも戦える。家族と一緒に戦え。おれたちは戦死するのだ。お前らも死ね」

不意に五年生の群の中から、絶叫に近い声がふき出た。それがきっかけで、一年生、二年生たちの群に、上級の者たちの中から激しい励《はげま》しの声が浴びせかけられはじめた。

「一中健児は、全員死ね」

「一人十殺。敵を一人残らず殺せ」

「郷土を渡すな。神国日本を死守せよ」

同級生の中からも、ふるえを帯びた声がふき上った。

真一の咽喉《のど》もとにも、熱いものがこみ上げた。叫び声と嗚咽《おえつ》が、周囲に満ちた。

下級生たちの号泣が、たかまった。上級生たちの環《わ》がくずれ、かれらは下級生たちの群に駈け寄ると、肩をたたき声をかける。やがて下級生たちの群は、校門の方へ移動しはじめた。真一も、自分より背の高い二年生の肩をたたきながら歩いた。その生徒が、肩をたたかれるままに嗚咽していることが、真一の自尊心を満足させた。

通用門の傍までくると、下級生は列を正し、校舎に向かって脱帽し、深々と頭をさげた。そして、門外に列を組みながら出ていった。

すでに本校舎には、藤岡武雄中将の率いる第六十二師団の将兵たちが駐屯《ちゆうとん》し、校務は別館の物理化学教室でとられ、教師や生徒たちの出入りは通用門にかぎられていた。授業は半年近く前からおこなわれず、軍事教練以外に陣地構築や洞穴壕の掘《くっ》削《さく》作業に従事していた。毎朝の朝礼には、校長から、

「いったん事ある折には、全員、祖国のために身を捧《ささ》げよ」

と訓示があり、それから五年生の級長の掛声で、

「われら一中健児は、全員、伊波中尉の後につづこう」

と、声をはりあげ唱和する。

伊波中尉は学校の先輩で、ガダルカナル島で特別攻撃をおこない壮烈な戦死をとげたが、その行為を真一たちは受けつごうと心に誓う。島が戦場化する気配は濃厚で、下級生をのぞく全校生徒の戦闘参加は、確実に約束されていることであった。下級生の姿が消えると、興奮の後のうつろな沈黙がひろがった。校庭に残された者は全員戦闘に参加し、しかも将来に死が予定されていることを思うと、真一の胸に深い孤独感が湧いた。

艦砲射撃の音が赤らんだ夜空を走り、不意に、体に戦慄《せんりつ》がつらぬいた。鼓膜をふるわせる砲弾の炸裂音は、今まで耳にしたこともない重々しい量感と余韻にみちて

いる。それは、なにか巨大な鉄の構造物が落下し、地底から島全体をゆすぶっているように感じられた。

それまで真一は、島が激戦場と化し自らもその渦中に身を置く幻影を、くり返し胸に描いてきた。周囲では爆弾が炸裂し、火閃《かせん》が眼の中一杯にひろがる。自分は、銃剣を手に喚声をあげて突っ込んでゆく。……が、現実に体にひびいてくる艦砲弾の炸裂音は、それらの想像とは全く異質の重々しい物理的な音響であった。

「全員、学生寮に集合」

敷地の隅から、声が起った。

真一は、学友たちと走り出した。

寮の講話室は、生徒の体でうずまり、壇の周辺には教師の顔がならんでいた。

教頭が、壇の上にあがった。頰《ほお》のこけた老教頭の顔は、薄暗い空気の中でこわばってみえた。

「只今《ただいま》より軍の御許可を得て、五年生、四年生の卒業式を挙行する」

教頭の声は、別人のようにしわがれて低かった。

四年生は、全国的に定められた学制短縮で五年生と同時に卒業することになっている。当然卒業式をする必要があるのだろうが、敵軍上陸も近いというのに型通りの行事をおこなうことが、真一には無意味なことに思えた。

しかし校長の式辞がはじまると、真一は、周囲の厳粛《げんしゅく》な空気にひき込まれていった。校長は、敵軍を前に卒業式を挙行したのはむろん本校の歴史はじまって以来のことであり、それだけ祖国にとっては危急存亡の時で、伝統ある本校の卒業生として祖国防衛のために奮闘してくれと訴えた。

しばらくすると、尚《しょう》侯爵邸の壕にいた県知事が唯一の来賓《らいひん》として姿を現わし、

「学業にいそしむべき諸君の力を、お借りしなければならなくなった。砲爆下の卒業式は異例のものではあるが、それだけにきわめて意義深いものであり、長く記念すべき式になるだろう。皇国のために御奮闘願いたい」

と、挨拶した。

卒業証書が手渡され、式は終了した。

県知事があわただしく去ると、配属将校の蒲原《かんばら》耕司中尉が壇上に上った。

「本校の三年生以上の生徒は、一昨日の昭和二十年三月二十五日附をもって全員召集令状を受けた。お前らは、すでに皇国の兵である。本校のみではない。沖縄全県下中等学校生徒に召集令が発令され、それぞれ鉄血勤皇《きんのう》隊を組織した。本校に於《おい》ても、本日ここに鉄血勤皇隊沖縄県立第一中等学校隊を編成し、大元帥陛下のみもと

に馳《は》せ参ずる」

蒲原は、声をはりあげ、言葉をきった。

真一たちは、身じろぎもせず配属将校の姿を凝視しつづけた。

「本隊の配属先は、和田孝助中将御指揮の第五砲兵司令部である。隊長は、本官蒲原耕司これにあたり、隊を三小隊に分つ。各小隊には、伍長、兵長各一、上等兵、一等兵五名計七名が配属され、隊員の指導訓練にあたる。尚《なお》、本校鉄血勤皇隊員は、総人員三九八名。第一小隊一三三名、第二小隊一三三名、第三小隊一三二名。只今より小隊配属をおこなうから、物理化学教室前の校庭に全員集合」

蒲原の命令に、真一たちは、寮を出ると先を競うように校庭に駈けた。

整列すると、各学年の級長が甲高《かんだか》い声で姓名を呼ぶ。たちまち列がくずれて、三つの集団にわかれてゆく。真一が配属されたのは、第三小隊であった。

小隊編成が終ると、指導兵の紹介がおこなわれ、解散になった。

真一たちは、列を正して寮の近くの洞穴壕に入った。その壕は、真一たちの手で掘られたもので五〇メートルほどの奥行きがあった。

壕の中には、所々に油をつめた瓶の口からのぞいた灯芯《とうしん》の灯がゆらいでいる。床には板が敷かれ、毛布が一枚ずつくばられた。

壕内に、にぎやかな空気がひろがった。学校で団体旅行などする機会もなくなっていたかれらは、級友たちと夜をともにすることにはしゃいでいた。

「歩哨《ほしよう》は、各小隊から二名。二時間ずつの交代だ」

指令が伝ってくる。が、その声も、笑いをふくんだ明るいざわめきの中にとけ込んでいた。

「早く寝ろ。明日にも敵の上陸がはじまるかも知れないぞ」

上級生の腹立たしげな声が、壕内にひびいた。

ざわめきが静まり、かれらは、ゲートル、制服をつけたまま毛布の中にもぐり込んだ。

真一も、身を横たえた。背に板の固さがふれ、毛布から馬の体臭に似た臭いがただよい出ている。両側からは、学友たちの体のぬくみがつたわってきていた。

家族のことを思い起した。祖母が病死したのは三日前だったが、絶え間なくつづく空襲のため通夜も葬儀もおこなえず、祖母の遺体は庭先の防空壕に引き入れたまま放置されていた。

ようやく昨夜、母と嫂《あによめ》の三人で死臭のただよう遺体をリヤカーで墓所にはこんだ。老いの頑さで家族の疎開に反対しつづけた祖母が、敵の上陸をひかえた頃になって死亡したことがひどく無責任のように思え腹立たしくてならなかった。

召集令状を手にしたのは、墓所から家へもどってきた直後だった。家を探して届けてくれた上級生が、令状を渡すと、再び夜路を駈け去った。

母と二人の子を持つ嫂は、無事に島の北部国頭《くにがみ》地区へ身を避けることができただろうか。手に持てる範囲の疎開荷物はまとめてやったが、彼女たちは他の荷物にも執着をもっていたのでまだ避難地区へたどりついていないかも知れない。学校へ駈けつける途中でも、道路という道路にはおびただしい避難民の群がひしめき合っていた。かれらは、空襲のとだえる夜間を利用して、ただ北へ北へと歩きつづけていた。

隣の毛布の下から、学友の顔がのぞいた。

「テッケツキンノウタイだぜ」

友人の眼には、異常な明るさがひろがっていた。

真一の胸の中から、家族のことがたちまち消えた。友人の眼に微笑を返した。老幼婦女子を守るために、郷土を守るために、自分のこの肉体が要求されている。鉄血勤皇隊か、とかれは胸の中でつぶやいた。その言葉のひびきは、かれに満足感と優越感をあたえてくれた。

翌日も、早朝から艦載機《かんさい》による銃爆撃がはじまり、真一は、終日学友たちと洞穴壕の中で壕掘りをつづけた。

その日、配属将校から、

「敵は慶良間《けらま》列島に上陸し、友軍は、これを迎え撃って激戦中である。本島への進攻も、一両日中にあるものと判断される。わが軍は、必勝を期してこれを撃滅せんとしている。鉄血勤皇隊員の奮闘を祈る」

との訓示があった。

真一たちの顔は、青ざめた。慶良間列島は、那覇市西方海上約三〇キロ、渡嘉敷《とかしき》、阿嘉《あか》、座間味《ざまみ》、慶留間《げるま》等の島々から成り、那覇からもその島影を眼にすることができる。その島々に、実際に敵軍が上陸したことが、真一たちを緊張させた。

「上陸してきやがったら、一人残らず皆殺しだ」

「爆薬をかかえて突っ込んでやる」

かれらは、叫び合った。

さらに午後になると、敵艦船は、島の南東部沖合だけではなく島の周囲に続々数を増して、小高い地点からは、無数の敵艦船がひしめいているのを望見できるという話もつたわってきた。それらの敵艦船に、友軍の爆撃機、戦闘機数十機が体当り攻撃を敢行、敵艦から大火炎と黒煙が天に冲《ちゅう》するのが目撃できたという情報もつたえられた。

すでに戦いは開始され、多くの同胞が生命を祖国に捧げている。真一は、体の筋肉がはげしく収斂《しゅうれん》するのを感じていた。

翌朝八時、学生寮内で第五砲兵司令部への入隊式が挙行された。艦砲射撃の炸裂音は一層接近し、敵機の爆音も空に満ちていた。

式には司令部より副官が出席、激しい語調の訓示の後、

「全員、陸軍二等兵を命ずる」

と、言った。

ただちに、星一つの襟《えり》章のついた軍服（上衣、軍袴《ぐんこ》、襦袢《じゅばん》、袴下《こした》）、軍靴《ぐんか》、戦闘帽、飯盒《はんごう》などが生徒たちの間にはこび込まれ、かれらは、一斉に学生服を脱ぎ捨てた。

真一は、なるべく小さいものをえらぶことにつとめたが、軍服はどれもだぶだぶで、仕方なく袖口を折って着用しなければならなかった。ズボンも裾《すそ》の方をかなり折ってゲートルを巻きつけた。

真一は、胸のしめつけられるような緊張感をおぼえると同時に、歓喜に似たもの

がこみ上げてくるのを意識していた。

日頃大人たちは、自分たちのことを子供扱いにし軽んじている傾きがあった。それが今では、正式な召集令状を受け、さらに成人した男子しかまとえぬ軍服を身につけている。自分たちに冠せられた「陸軍二等兵」という名称には、大人そのものを意味づける絶対的なひびきがふくまれている。自分たちの姿を凝視している教師たちの眼も、すでに子供を見ているそれではない。充分に、自分たちを成人した男子として意識している眼の色であった。

学友たちは、照れ臭そうにたがいの姿に視線を向け合っている。真一も頰のゆるみを抑えながら、友人たちの襟に縫いつけられた陸軍二等兵の襟章を、まばゆそうな眼でぬすみ見ていた。

学友たちは、軍服、戦闘帽をつけ終ると、たがいに敬礼を交《かわ》し合っている。かれらの顔には、満足そうな微笑と緊張感が交互に浮び上っていた。

教練用の三八式歩兵銃が、学校の兵器庫からはこび出されてきたが、全員に手渡されるのには数が不足で、第五砲兵司令部からの九九式歩兵銃が補充された。

むろん真一たちは、新式の九九式歩兵銃を手にしたかったが、それは上級生たちに優先的に支給され、真一たちに手渡されたのは、日頃見なれた油のしみついた三八式歩兵銃であった。銃はそれでも人員の数には満たず、三年生の五十名近くが銃を手にすることができなかった。

かれらは、連れ立って配属将校のもとにその旨を報告しにいった。

配属将校は、それを充分予期していたらしく、

「竹槍をつくってこい」

と、即座に言った。

かれらは一瞬顔を見合わせたが、すぐに校舎の裏手にある竹藪《たけやぶ》の方へ駈けていった。

やがて、かれらが先端をとがらせた青竹を手にもどってくると、指導兵の指示で、木片を燃やした炎の上に先端をかざした。

かれらは、狐色《きつね》にこげた竹槍を手に列にもどると、銃をもっている学友に羨《うらやま》しそうに視線を向けた。

真一は、かれらの眼を避けるように体をすくませていた。教練の射撃訓練で立射したかれの小柄な体は、発砲の衝撃で半回転し、教官から殴りつけられたことがある。そんな真一が銃を手にしていることは、竹槍のみしか手にできない者たちにとって、不当なことに思えるにちがいなかった。

銃を持つ者には小銃弾一五〇発と銃剣が支給され、さらに全員に三個ずつの手榴《てりゅう》弾《だん》が配布された。

「いいか、手榴弾二発は、敵撃滅のために使用し、最後の一発は、自決用だ。不運にも重傷を負って戦闘に参加できなくなった折には、皇国の兵として潔《いさぎよ》く死を選ぶのだ。わかったか」

配属将校の声に、全員、

「ハイ」

と、唱和した。

その時、不意に、

「空襲」

という叫び声と同時に、爆弾の落下音につづいて銃撃の鋭い音があたりに満ちた。

「壕に待避――」

真一は、寮の外へ走り出た。銃と帯革の重みと大きな軍服と軍靴の感触が、異様な感覚となって体をつつんだ。

「伏せ――」

叫び声を耳にして、樹木の下に突っ伏した。銃撃の甲高い音響が急速に近づき、通過した。

「待避——」

真一は、ぎごちなく身を起すと軍靴を鳴らして駈け出し、空地を横ぎって学友たちと体をぶつけ合いながら洞穴壕の中にころがり込んだ。

壕内は、人の体でうずまった。

「異状はないか。各分隊ごとに点呼」

すばやく命令が伝達されてくる。かれらは、自分の分隊をもとめてたがいに移動し、やがて所々で点呼がはじまった。壕口の方向からは、銃爆撃の音が壕内に反響してくる。

「××小隊××分隊総員異状ありません」

張りのある声が、つぎつぎと起る。

直立不動の姿勢をとっている真一は、不意に膝頭がゼンマイ仕掛の玩具《がんぐ》のように痙攣《けいれん》しはじめているのに気づいた。巨大なミシン針のように一直線に銃撃弾が民家の庇《ひさし》から乾いた地面を突きさしながら近づき、通過した光景がよみがえった。その銃弾が自分の体を貫《つらぬ》けば、生命はすでに失われていたのかと思うと死が間近にあるのを感じた。

恐怖感とは少しちがっていた。まだ死ぬのは早すぎるといった苛ら立ちに似ている。軍服をようやく身につけることができ、銃や手榴弾の支給を受けた自分にとっては、すべてがまだはじまったばかりである。今死んでしまっては、十四年間生きつづけてきたことが、無意味なものになってしまうような感じさえした。

軍装している照れ臭さは、いつの間にか消えていた。かれは、膝頭のふるえを意識しながら、自分が一人の兵士になったことを実感として感じた。

壕内では、下士官や兵によって手榴弾の取扱い方法その他の指導がおこなわれ、部隊配属が決定するまで独自の任務につくことになった。

その日、隊員は三分されて、一隊は壕掘り作業、一隊は食糧の運搬、一隊は対空敵情監視哨の任務につくことになった。

真一は、監視哨の一員として、下士官・兵の指示にしたがい、三名の同僚と裏手の丘陵の一角に設けられた対空監視所に向かった。時折、金属音をひびかせて敵機の機影が近づく度《たび》に草叢《くさむら》に体を伏せ、銃を手に丘の小道をのぼりつづけた。丘陵の斜面には所々に洞穴を利用した銃座が設けられ、兵たちが、殺気立った表情で弾薬箱などの搬入をあわただしくおこなっていた。

対空監視所は、丘の頂きにひろがった密度の濃い樹林の中に設けられ、樹葉と擬装網に厚くおおわれていた。が、その附近には爆弾落下の痕《あと》が生々しく、樹木は根元から倒され、焼けこげたまま立っている樹幹も多かった。

監視所には、一名の兵長と三名の兵がいた。

真一たちは、

「陸軍二等兵×××、着任いたしました」

と、兵長に報告した。

「なんだ、きさまらは……」

若い兵長は、不恰好《ぶかっこう》に軍服をつけている真一たちをいぶかしそうに見つめた。

「鉄血勤皇隊沖縄県立第一中等学校隊員であります」

真一たちは、口々に答えた。

兵長の眼に、苦笑に似た薄笑いがうかんだ。

「きさまらか、中学生の兵隊というのは……。よし、ごくろう。しかし、きさまら、まだ学生気分がぬけていないらしい。気合を入れてやるから、こっちへ来い」

真一たちが、走り寄ると、いきなり兵長は友人の顔を殴りつけた。自分の前にも近づいたと思うと、その掌《てのひら》が頬に激しく叩きつけられ、真一は、一瞬意識のかすむのをおぼえ大きくよろめいた。

「いいか、おれたちは、必ずきさまらの郷土を守ってやる。きさまらも頑張るんだ。みろ、敵の野郎たち、島をすっかり船でとりまきやがった。やつらも必死だ」

兵長の興奮した声がきこえた。

真一は、眼もくらむような頰のしびれに堪《た》えながら、兵長の視線の方向に顔を向けた。友人たちの口から短い叫びがもれ、真一も眼を大きく見ひらいていた。

島の周辺部には珊瑚礁《さんごしょう》が海底にひろがり、その部分の海水はまばゆい陽光を受け、珊瑚礁の起伏に応じて多彩な色彩をひろげている。紫、緑、青などに淡紅色《たんこうしょく》も加わって色分けされた華麗なリーフの色は日頃から眼に親しんだものではあったが、リーフのはずれから沖にひろがる紺青《ぐんじょう》色の海上には、いつもの海とは異った想像もつかぬ異様な光景が展開されていた。

そこには、数知れぬ大小さまざまな艦船が重なり合ってひしめいている。島に近い海上には小型艦が白い航跡を交叉《こうさ》させて往き来し、沖へ向かうにつれて艦形は大きさを増し、沖合にはあきらかに戦艦や空母と思われる大型艦が、鎖ででも連結されたようにすき間なく並んでいた。

真一は、戦慄をおぼえた。海は、すでに海ではなかった。それは、おびただしい艦船の充満する空間で、わずかな間隙《かんげき》に海水がのぞいているだけであった。

真一は、これからはじまる戦闘が自分の想像をはるかに越えた大規模なものであることを、海上を埋めた艦船の群から感じた。

それまでかれが眼にした艦船は、沖合を通過する日本海軍の艦船で、それも多いときで十数隻の船団であった。それらと比べると、島をとり巻く艦船の群は、地球上の船舶という船舶をすべて集めたようなおびただしい数にみえる。敵は圧倒的な物量を太平洋諸島の戦闘に注ぎこんでいるといわれていたが、海上に充満した艦船を眼にした真一は、敵の物量が途方もなく厖大《ぼうだい》なものであるのを感じた。

しかし、萎縮《いしゅく》しきった真一の胸に、異質の感情がきざした。アメリカは物量豊富な国だというが、沖縄のような小さな島を攻撃するのに、艦船の数は必要以上に多すぎるように感じられる。無数の艦船を集結させなければ、沖縄を手中におさめることはできない、と敵は思いこんでいるのか。

敵艦船の大群は、この島の日本軍守備隊の強力な抵抗を予想したものなのだろうし、それを下部から支える沖縄県民の熱烈な殉国精神を恐れている証拠でもあるのだろう。

敵は、アッツ、マキン、タラワ、クエゼリンの島々を攻略後、八カ月前にはサイパン島を、さらに十日程前には硫黄《いおう》島を、それぞれ両島守備隊の凄絶《せいぜつ》な玉砕《ぎょくさい》戦法に多大な損害を蒙《こうむ》りながらも強引に手中におさめたという。敵のその後の進攻目標はむろん日本内地で、台湾か沖縄のいずれかを攻撃してくるという予想が立てられていたが、大胆にも日本領土の一角として県庁も設けられているこの沖縄県に来攻してきたのだ。

真一は、かたく島をとりかこんだ艦船の群を見渡した。

沖縄県は、鹿児島から南西方向へ八〇〇キロもへだたった海上に散在する島嶼《とうしょ》で構成され、一見孤立しているようにみえる。しかし、沖縄県は、まぎれもなく日本都道府県の一つで、そこが敵の手中に落ちるようなことにでもなれば、それは大和《やまと》（内地）の一大危機となることは疑う余地がない。

大和という言葉のひびきには、美しい幻影にも似た神秘性が感じられる。かれは、内地を眼にしたことは一度もないが、そこは天皇陛下が住まわれ、霊峰富士が裾をひいてそびえ立つ場所である。すでに内地も敵の空襲を受けているというが、沖縄への来攻は大和の人々にもつたえられているだろう。かれらは、自分たち沖縄県民の戦いを凝視し、大きな期待を寄せているにちがいない。

おれは、日本人だ。日本人の一人として、沖縄県民の力を内地の人々にしめす絶好の機会ではないか。自分も、皇国の兵の一人として武勲を立てて戦死し、大和に設けられているという靖国神社にまつられたい。

真一の胸に、誇《ほこ》らかな感情と戦意が湧き上った。たとえ敵がどのような厖大な物量を投入しても、それを扱うのは人間たちであり、自分たち沖縄県民が軍と一体になって死を賭《と》してたたかえば、物量をたのむ敵兵力も壊滅するにきまっている。

真一は、体のふるえるような興奮をおぼえて、艦船のひしめく海上を凝視していた。

艦影は、透明な閃光《せんこう》ですき間なくおおわれていた。それは砲口から放たれる砲弾のひらめきで、ロケット弾らしい連続発射の閃《ひらめ》きも絶え間がなく、夕方近い空にまばゆい光の条《すじ》が驟雨《しゅうう》のような密度で流れている。その光の帯は、真一たちの対空監視所の北方——島の中央部に注がれていた。

そのあたりは、無数の噴火口が同時爆発を起しているようなすさまじい光景を呈していた。落下する砲弾で舞い上った土が濃い黒雲のように地上をおおい、その中からいたる所に火の色がみえる。耳を聾《ろう》するような炸裂音が、巨大な音響の塊となってふき上っていた。

真一は、集中砲撃を浴びているその場所の地上では、人間の生存は全く不可能だろう、と思った。サイパンでも硫黄島でも、一坪あたりに十数発の砲弾が射ちこまれたというが、地上一面にあがる土煙をみていると、地面がすべて掘り上げられているとしか思えなかった。

「状況を説明してやる。やつらは、三日ばかり前から、沿岸に敷設された機雷の爆破に汗水たらしている。近くの海を往ったり来たりしている小さい船がいるだろう、あれが掃海艇《そうかいてい》だ。機雷にふれてお陀仏《だぶつ》になったのもずいぶんいる。それでも掃海はかなりすすみ、敵艦もぐっと接近してきている。はじめの頃は、島の南東部を艦砲射撃して上陸をその方向でおこなうような恰好をみせていたが、それは陽動作戦というやつでな。軍司令部では、島の中央部西海岸に上陸を意図していると見ぬいているらしい。今、味方の陣地はひっそりしているが、上陸でもはじめようものなら、一斉に砲撃の火ぶたがきられる」

兵長が説明してくれている間にも、

「敵機、東方より接近」

とか、

「敵機上空」

とか、監視兵たちは、休む間もなく通報をおこなっている。

やがて日が傾き、敵艦船の群は、夕照のまばゆい光につつまれた。

真一たちは、対空監視の仕事にしたがうというよりはその丘陵一帯にひろがる陣地の使役につかわれ、丘陵の麓《ふもと》の部隊からの食糧の運搬に走りまわった。壕にもどってきたのは、夜も九時をすぎた頃であった。

その日、艦船の大群を眼にした者が多く、そのことが壕内の話題になった。

「今に九州から特攻機が大挙してやってくるそうだ。そうしたら敵艦船などひとたまりもないさ。すごい光景が見られるぞ。やつらの血で、海も真赤に染まる」

学友たちは、眼を血走らせていた。

翌日、真一たちは、壕掘り作業に従事した。二日前まで艦砲射撃を浴びていた島の南東部地区では、兵員も陣地も損害は軽微で、激しい艦砲弾を浴びている島の中央部でも事情は同じであるようだった。

陣地は、すべて隆起珊瑚礁から成る自然洞窟《どうくつ》や人工的な洞穴壕の中に設けられ、それらが武器や兵員を砲爆撃から守ってくれているはずであり、さらに、丘陵の斜面いたる所に散在する石造りの壮大な墓も、有効的な掩体壕《えんたいごう》として使われていた。そして上陸する敵は、地下から一斉に躍り出る友軍の熾烈《しれつ》な攻撃にその身をさらさなければならなくなるだろう。

壕掘りは単調な仕事だったが、やがて、この地域が戦場となれば、壕は友軍の有力な拠り所となる。岩盤をくずし壕をさらに延長させることは、そのまま戦闘を勝利に導くことにも通じるのだ。

真一は、一心にスコップをふるいつづけた。

部隊配属命令は、翌日の昭和二十年三月三十一日に発令された。

ただちに鉄血勤皇隊沖縄県立第一中等学校隊は、第五砲兵司令部、野戦重砲兵第一聯隊、独立重砲兵第一〇〇大隊、測地隊にそれぞれ四分され、また隊員の連絡統率をはかるため校長、教師をふくめた二十名近くの者が勤皇隊本部を編成、そのまま学校内の壕にとどまることになった。

真一は、第五砲兵司令部配属となり、学友たちと壕を出、近くの首里《しゆり》市金城《かなぐすく》町の同部隊に赴いた。艦砲射撃の轟音はさらにはげしさを増し、上空からの銃爆撃も熾烈さを加えていた。

真一たちにあたえられた任務は、さまざまだった。主として伝令や壕掘りの仕事で、真一は、数名の者と壕内で炊事班の仕事を手伝った。

その日、島の中央部への艦砲射撃が激化してきたため、そこを通過する老幼婦女子の北部への移動が、軍司令部命令で禁止された。さらに、浦添《うらそえ》村、牧港《まきみなと》以南の避難民も、すべて附近の村落に待避せよ、と命じられた。

浦添村は、真一の家がある村落であった。自然に母や嫂たちのことが想像されたが、避難したと思われる日からすでに四日間が経過しているので、家族たちがすでに北部へ身を避けているだろう、と思った。

そんな情報よりも、真一には、友人たちの口から伝ってきた他校生徒の行動状況の方が、大きな関心事だった。

沖縄師範学校男子部をはじめ、第二・第三中等学校、農林・水産学校、那覇市立商業学校、私立開南中等学校の各校の生徒は、それぞれ軍命令にもとづいて鉄血勤皇隊を編成、隊員はすべて陸軍二等兵として各隊に入隊。また沖縄師範学校女子部、第一・第二高等女学校、首里高等女学校、私立昭和高等女学校、積徳《せきとく》高等女学校の各女学校の生徒は、看護婦見習として各軍病院に入隊したという。

殊に真一を興奮させたのは、専門学校に準ずる師範学校男子部の本科三年生、二年生五十六名によって、本格的な斬込《きりこみ》隊が編成されたという情報であった。

斬込隊員には、柔剣道に長じた身体頑健な者たちが選ばれ、支給品も軍靴の代りに斬込隊員用の地下足袋《たび》が配布されたのをはじめ、入隊と同時に、着剣した銃を手に突撃訓練や、急造爆雷をいだいて敵戦車にとび込む猛訓練を反復しているという。

そのほか学校関係以外にも、青年会の女子会員たちは、すすんで看護婦見習や炊事婦として近くの部隊に参加、また中等学校の下級生や国民学校の学童たちまでが軍の使役に従事しているという話もつたえられた。

その夜、真一は、十一時頃壕内の炊事室で横になったが、二時間もたたぬうちに叩き起された。昼間は空襲によって運搬がさまたげられている食糧を、夜の間に各砲兵陣地へ配分せよというのだ。

真一は、銃を肩にかつぎ味噌樽《みそだる》を背中にくくりつけて壕をはなれた。

丘陵をのぼるにつれて、艦砲弾の炸裂音が轟音となって体をつつみ込んでくる。夜空は炎に映《は》え、赤らんだ空に朱色の欠けた月が傾いていた。

砲兵陣地は、丘陵の斜面にうがたれた洞穴を利用して、随所に砲身をのぞかせていた。兵たちは寝ることもせず、無言で陣地構築作業に動きまわっていた。

真一は、樽を陣地の一つにおろすと、急いで道を引き返した。帰途、眺望のひらけた高みで、足をすくませた。登りでは地面ばかりみていて気づかなかったが、北の方向に思いもかけない光の乱舞がみられた。

海上から島の中央部に、艦から放たれる曳光弾《えいこうだん》が光の帯のように無数にそそがれている。弾着地域の上方には、おびただしい照明弾が海月《くらげ》のようにゆれながらゆっくりと降下し、その下方には、草原に夜の陣を敷く大軍の松明《たいまつ》の群のような、赤々と燃えさかる炎の色が一面にひろがっていた。

真一は、その夜景に恍惚《こうこつ》とした。ほとんど日常化した灯火管制で、戸外は常に闇《やみ》であり、わずかに光を放つものといえば月の光と星のまたたきだけといっていい。光というものに飢えていた真一の視神経には、凄惨《せいさん》であるべき光の氾濫《はんらん》が華麗なものに感じられた。

味噌樽の運搬作業はつづけられ、真一は、首里市近くの砲兵陣地を歩きまわった。樽の重みで体の感覚はうすれ、不意に膝がくずおれることもしばしばだった。しかし、その都度《つど》、「おれは陸軍二等兵比嘉真一なのだ」と、胸のなかでつぶやきながら立ち上り、斜面をのぼりつづけた。

夜が明けたが、真一は、学友と二人で最後の味噌樽を肩に壕を出た。行先は、首里高地の頂上に敷かれた砲兵陣地であった。

友人の顔には、激しい疲労のためすでに血の気はなく、唇からも涎《よだれ》を垂らしていたが、それでも友人の歩みは、小柄な真一との間隔を徐々にあけていった。目的の場所までの距離が、ひどく遠いものに感じられた。

時折、他の陣地の傍を通ると、

「おい、どこの隊へ持って行くんだ。おれの所じゃないのか」

と、真面目とも冗談ともつかぬ荒々しい声がかかる。

真一は、体がのけぞるのを必死にたえながら、顔を上げると届ける隊の名を口にするが、舌が口中にはりついて、声は言葉になっていなかった。

朝の陽光が明るくさしてきて、上空には、再び金属音を立てて敵の機影が舞いはじめた。

真一は、その都度上眼づかいに金属音の方向を見つめ、草叢の中に倒れこみ、機影がすぎると、あわただしく草叢から這い出る。草叢には猛毒をもつハブがひそみ、その鋭い歯で咬《か》まれるおそれが多分にあった。

体中が汗につつまれ、大きな軍靴の中で足の皮膚は破れ、血が流れているのも意識された。

真一が、疲労と敵機からの待避にさまたげられながらようやく目的の首里高地の頂上近くにたどりつくことができたのは、二時間以上もたってからであった。

砲兵陣地の洞穴壕に近づいた真一は、壕外に異様な空気がはりつめているのに気づいて足をとめた。壕内からは多くの兵たちが這い出していて、草叢や樹林の中に身をひそませ、北の方角に身じろぎもせず顔を向けている。

真一は、樽を下ししばらく放心したように息をととのえていたが、兵たちの緊迫した気配と北の方角から伝わってくる耳を聾するような轟音に、足をふらつかせながら樹林の中に入って行った。

その時、

「××一等兵、司令部に緊急通報。現在時間八時二十七分、敵上陸用舟艇多数、比《ひ》謝《じゃ》川附近に向かって接近中。いいな」

と、若い少尉が叫んだ。

兵は甲高い声で復唱すると、あわただしく壕内に駈けこんで行った。

真一は、背筋に冷たいものが刺しつらぬくのを感じながら、樹林の端に行くと眼を見ひらいた。

轟音の充満する島の中央部は、閃光と土煙におおわれ、その中から柱状の火炎が幾筋も空に向かって噴き上っている。海上には、広い帯状の白波がひろがっていた。

真一は息をのんだ。

それは無数の舟艇の航跡で、海面をおおい、沖の艦船の群から舟艇の幅広い廊下が、陸地に向けて徐々に伸びているように錯覚されるほどであった。

遂に敵がやってきた、と、かれは思った。

すでに敵の進攻は充分に予想され、それが一年前ほどからほとんど確定的なものとして島の守備態勢もととのえられてきた。住民は疎開し、壕はいたる所に掘られ、守備隊はいちじるしく増強された。真一も、敵の来攻は疑うことのないものと考えていたが、眼前に上陸用舟艇の群をみると、予想通りやってきたのかという感慨と同時に、思いもかけないことが起っているのだという驚きにうたれた。

舟艇の群にアメリカの将兵たちが現実にひしめき合いながら乗っているということも、真一には信じがたい奇妙なことに思えてならなかった。かれにとって、憎むべき敵国アメリカもアメリカ兵も、なにか遠い世界の、漠とした幻影にも似た現実感のとぼしいものであった。が、そのアメリカの将兵が舟艇に乗って自分たちを殺《さつ》戮《りく》するために陸地に向かって進んできている。

真一は、戦争というものの実体を見たように思った。

戦争は、ひどく根気を要するもので、アメリカは、太平洋の彼方《かなた》から多くの艦船を仕立て将兵たちをはるばる運んできた。アメリカ兵はたしかに実在のものであり、アメリカと日本が戦争をしているのも事実なのだ、と妙なことを考えていた。

白波は徐々に陸地に接近し、先端は、陸地をおおう土煙の中に没した。そしてその後方からは、舟艇の大群が絶えることなくつづいていた。

「友軍の砲撃は、どうしているんだ」

下士官が、ふと気づいたように苛ら立った声で叫んだ。

真一は、顔色を変えた。

たしかに、舟艇にうずまった海面には、水柱らしいものは上っていない。舟艇の群は、友軍の砲撃には好目標であるにちがいなく、当然一斉に砲口をひらいていなければならないはずであった。それとも、敵艦隊からの砲撃と執拗な艦載機の銃爆撃で、友軍の砲兵陣地はすべて壊滅してしまったのだろうか。しかし、砲兵陣地は洞窟内に構築されているはずだし、それが一つ残らず破壊されたとは思えなかった。

真一の周囲にいる兵たちは、激昂したように叫び合っている。いたずらに敵軍の上陸を許している友軍に歯ぎしりしているのだ。

「作戦かも知れんぞ」

下士官のふるえを帯びた声に、兵たちは顔を見合わせた。

「上陸させてから、一斉に砲門をひらいて全滅させる。そうとしか考えられん」

下士官は、自分に言いきかせるように言った。

すでに上陸用舟艇の先端が陸地に達したのか、艦砲射撃の射程が急に距離をのばして、土煙が海岸線からはなれた丘陵地帯に上りはじめた。海岸近くの土煙も徐々にうすらぎ、やがて海岸線を黒々とふちどる舟艇の群が、その中から淡く浮き上ってきた。

「なにをぼやぼやしてる。戦闘配置につくんだ」

将校の怒声が、兵たちに浴びせかけられた。

兵たちは、はじかれたようにふり向くと壕の入口の方へ駈けた。

真一は、樹林から走り出ると、山路を砲兵司令部の方向へ下りて行った。

二

真一は、豪雨の中を友人と担架を手に歩きつづけていた。

前線から後送される負傷兵の数が激増してきたのは、敵軍が上陸してから五日ほどした後で、砲兵司令部の炊事班に配属されていた真一たちは、これらの負傷兵を南風原《はえばる》に設けられた陸軍病院壕にはこぶ任務についた。

運搬は、もっぱら敵機の来襲しない夜間にかぎられていたが、照明弾は規則的に夜空に打ちあげられ、艦砲弾の飛来も絶え間なかった。

真一は、膝頭まで達する泥濘《でいねい》に足をとられながら歩きつづけていたが、担架にのった伍長の襟章をつけた負傷兵が、すでに息絶えていることに気づいていた。

その男は、肩の付け根から右腕をちぎりとられ、巻かれた布からも血がしたたっていた。腹の底から湧くような苦しげな呻《うめ》き声がいつの間にか絶え、しばらく前から急に担架の重みが増してきている。連日の運搬作業の経験から、負傷者が絶命すると、急に体が重みを増すことを知っていた。

新たに照明弾があがり、雨脚が白く光った。

「来た」

友人の声に、真一は、担架を投げ出して泥の中に突っ伏した。

無数の岩石がのしかかってくるような落下音につづいて、青白い閃光と鼓膜の裂けるような炸裂音が体をつつんだ。その衝撃に周囲の泥が波立つ海面のように揺れ、体がはずんだ。

土石や泥の落下がやむと、泥まみれになった顔を上げ、友人と視線を交し合った。

友人が立ち上り、担架の傍にうずくまると、負傷者の顔にかぶせられたシートをまくった。

「伍長殿、伍長殿」

と声をかけ、肩をゆすった。が、体はなんの反応もしめさず揺れているだけだった。

友人が、真一をふり返った。その眼は、死者をわざわざ病院まで運ぶよりは、近くの土中にでも埋葬して運搬を中止したいと語りかけていた。疲労や砲撃による死の危険からのがれたいという打算からではなく、一刻も早く壕にもどって、一人でも多くの負傷兵を南風原まで運びたかった。

しかし、真一も友人も、無言のまま担架を泥の中から持ち上げた。二人が命令を受けたのは、「この負傷者を南風原陸軍病院に運搬せよ」であり、伍長の生死に関係はない。命令通り行動する以外に勝手な判断をさしはさむべきではなく、いつの間にか真一たちも、そうした兵らしい規律を身につけていた。

丘陵の間をぬけると、砂糖黍《さとうきび》畠の畦道《あぜみち》に出た。収穫期の間近い黍畠もすっかり人の足に踏みあらされて、泥だけがひろがり、畠らしい姿はとどめていなかった。

艦砲弾の落下した大きな穴を避けながらすすむと、周囲にはいつの間にか担架の数が増し、それをかつぐ他の部隊に配属された同級生の顔にも出会った。かれらは、なつかしそうにたがいに声をかけ合ったが、その声は激しい疲労のため声にはなっていなかった。

真一たちは、黍畠から丘陵の傾斜をのぼりはじめた。細い道はぬかっていて、何度も足をすべらせ膝をついた。

病院壕は起伏した丘陵の中腹に数多くうがたれ、壕全体では、五千名近い負傷者が収容可能とされていた。負傷者は洞穴の片側にならべられ、鉢巻をしめモンペをはいた師範女子部、第一高女の女生徒たちが、せまい通路を動きまわって看護にあたっていた。

真一も負傷者をかついで何度か壕内に入ったが、内部は地下水が滲み出てぬかるみ、負傷者の排泄物《はいせつ》や腐った傷からわく膿汁の匂いの入りまじった悪臭がよどんでいた。それに、換気がきわめて悪いため炭酸ガスが充満し、徐々に灯芯の灯も細くなる。軍医の「換気はじめ」の命令で、女生徒たちが全員立ち上り、防空頭巾などで壕内の空気をあおっていた。

指定された壕口の一つにたどりつくと、真一たちは、担架をおろした。途中死亡した負傷兵の処理方法はよくわかってはいたが、やはり壕内の衛生兵の指示にしたがう必要があった。

友人は、手続きのために壕内に入って行った。

真一は、疲れきった体を岩肌にもたせかけて息をあえがせた。傾斜をつたってくる泥のまじった雨水が、壕口から内部に流れこんでいる。おそらく壕内はドブ川状に化し、その中で女生徒たちは、泥水の中を動きまわっているにちがいなかった。

自分の方が、壕内で立ち働く女生徒たちよりも恵まれているのかも知れぬ、と雨脚をながめながら思った。彼女たちを取り巻いているのは、一刻も堪えられぬような臭気とむごたらしい負傷者の群だ。両手足を失われてただうごめいている者。火焔放射器で顔、胸、手足を焼けただらせて「水、水」とわめきつづける者。咽喉をやられて呼吸音を笛のように鳴らし、流動物を管から流しこんでむせながら飲んでいる者など、それらの者たちの垂れながす排泄物の始末や、腐臭をはなつ傷口の繃《ほう》帯《たい》交換まで彼女たちはやらなければならない。

初めの頃、手術室勤務になった女生徒は、麻酔薬もろくに使わぬ手術を見て失神した者が多く、ベッドに縛りつけられた男の足をつかんでいた女生徒が、切断された足をもったまま仰向けに卒倒したこともあったという。親の庇護《ひご》のもとに日を送っていた彼女たちにとって、それは想像を越えた凄惨な世界なのだろう。

やがて友人が、壕の奥から衛生兵と姿を現わした。

衛生兵は、担架に近づくとシートをめくり、無表情に伍長の体をしらべた。板きれに携帯用の筆で男の氏名を記し、友人に手渡すと、

「埋葬しろ」

と、言った。

真一は、友人と担架を持ち上げ、丘陵の傾斜を足もとに気をくばりながら下りた。

雨脚が弱まり、艦砲弾の炸裂音が急に大きくきこえてきた。頭上には、白煙をひいた照明弾が、西の方向に移動しながら浮んでいる。

埋葬地に指定されている丘陵の下の畠には、スコップが数挺突きささっていた。真一は、友人とスコップをふるった。土は柔《やわらか》く、容易に掘り上げられたが、穴にはたちまち雨水が流れこんだ。

十分ほどして、真一たちはスコップを捨てると、遺体をその中に引きずり落した。遺体は、眼をひらき口をあけていたが、たちまち口の中に泥水が入り、体は没した。真一たちは、土をかけ、板きれを突き立てた。墨が雨水に流れぬように、板きれの上にシートをかぶせた。板には、黒田三郎という文字が拙《つたな》い筆跡で記されていた。

真一は、畳んだ担架を手に友人と歩き出した。

「今日は、何日だっけ」

友人が、たずねた。

「四月十日だ。いや、そうじゃない。もう十二時を過ぎたから十一日だ」

真一は、答えた。

入隊してから時間の経過が、それ以前とはちがった意味をもちはじめている。一日が終れば、今日も生きて過せたと思う。動いている自分の肉体が、生きていることを確める一つの尺度となっていた。

敵は上陸地点から南方へ五キロ、つまり日本軍の司令部が置かれている首里から北方へ五キロの線で日本軍主力陣地と接触、激烈な戦闘がつづけられているという。敵の攻撃方法は徹底した物量投入に終始し、攻略を意図する地点には、各種の砲弾、爆弾を集中させ、大規模な耕作作業のように地上にあるものすべてを掘りかえすと、それをならすように戦車の群が砲口から火を吐きつづけながら進んでくる。そして、洞穴を発見すると火焰放射器で、執拗に炎を吹きこむという。

しかし友軍の守備はきわめてかたく、逆に敵陣地を奪回することもしばしばだという。それは、多くの将兵が爆雷を抱いて敵戦車にとびこみ、決死的な夜間斬込作戦をくり返しているからだった。

真一は、昼間はほとんど壕内にとどまり、夜間に負傷者を運搬していたが、前線の戦闘の激しさを思うと、自分に課せられた任務に物足らなさを感じはじめるようになっていた。

その苛ら立ちは、時折おとずれる深い静寂によって、さらに深刻なものになっていった。

それは、きまって日没や未明にやってくるもので、不意に艦砲射撃も爆撃も北方からきこえてくる敵の地上砲火もやみ、気の遠くなるような静けさがひろがる。

真一たちは、競い合うように壕からとび出し、闇のひろがる西方の空を無言で見上げる。

夜空には、海上の敵艦船群から放たれるサーチライトがおびただしい光の条になって交叉し、やがて遠方からかすかな爆音がきこえてくる。その音は、絶えず島の上空をおおう敵機の爆音とはあきらかにちがう、親しみのある友軍機の爆音だった。

「来た」

真一たちの口から、吐くような声がもれる。

次の瞬間、敵艦船群や敵陣地から放たれる対空砲火の火箭《かせん》が、一斉に瀑布を逆さまにしたような密度と轟音で夜空にふき上げられる。その多彩な光の条には間隙というものがなく、その中を飛行機が通過することなど絶対に不可能としか思えない。

やがて夜空を探っていたサーチライトの光芒《こうぼう》が小さな機影をとらえると、他のサーチライトも加わり、光の束が照らし出された機とともに移動し、その一点に対空砲火の火箭が凝集する。機は降下し、遠く視野から没してゆく。

「当ってくれ、当ってくれ」

友人たちは、特攻機の姿を見定めようとしながら祈るような声をあげる。海上方向の夜空には、なかなか火柱があがらない。が、それでも時折、あきらかに爆発と思われる火の色が夜空を彩る。

「当った、当った」

友人たちは、肩をはげしくたたき合って小躍りする。しかし、一瞬後には、かれらの間に深い沈黙がひろがった。

真一は、胸の中にたぎりたつものが充満しているのを感じていた。上空でも地上でも、多くの将兵が、敵を撃滅するためにすすんで死をえらんでいる。敵の攻撃も熾烈なものらしく、或る高地では奪回、撤退が果しなく反復されていて、高地は、両軍の将兵の死骸でおおわれ、流された血で赤く変色してしまっているともいう。

そうした中で、自分はただ負傷者を運搬することだけで日を送っている。召集令状を受けて入隊したというのに、一発も弾丸を発射したことがない。自分にもしも死の機会があるとしても、砲爆撃の犠牲になるだけのことで、自分の意志による死ではない。

真一は、苛ら立った。自分だけがひとり戦いの環からはなれているような不満を感じた。

そのうちに、師範学校男子部の斬込隊員が、首里から最前線に出発したという情報を耳にした。さらに、最前線に近い部隊に配属された各学校隊の隊員にも、敵と接触した折には全員斬込みをおこなうよう指令が出たともいう。

真一は、かれらに羨望《せんぼう》をおぼえた。かれらは、恵まれた部署に配置されたため、一人前の兵士としてあつかわれているらしい。それに比べて自分たちは、ただ後方にあって夜間に壕と病院壕の間の往復を繰返しているだけで、兵士らしい働きはなかった。

或る夜、真一は、異様な一団を眼にした。負傷者運搬を終って帰る途中のことで、母校の近くまでくると、その周辺一帯につくられたタコツボ壕から急造爆雷を背負って出て行く数名の兵があった。見送る者もなく、かれらは淡々とした表情で遠ざかってゆく。

初めはどのような任務をもっているのか真一にもわからなかったが、その夜から毎夜同じ場所から同じような姿で壕を出てゆく兵士の姿を眼にしているうちに、最前線におもむく斬込隊員であることを知るようになった。きまってそれらは、一人の下士官と五、六名の兵で構成され、出発前に手で火をかくしながら寄りかたまって煙草をくゆらしている。

真一は、感動で身のふるえるのをおぼえた。かれらの表情にも姿にも、死に対するおびえというものは見当らない。

「出発」

という指揮者の低い声に、かれらは無言で立ち上り、落着いた足どりで去ってゆく。

真一は、かれらの姿を見送りながら、自分もあのような態度で死地へおもむけるだろうか、と問う。大丈夫だ、と胸の中で答える。自分のねがう死もかれらと同じ類の死であり、それを受け入れるのに少しのためらいもあるはずはない。そしてそれは、自分が子供としてではなく、一人前の大人としての扱いを受ける確実な資格だと思っていた。

入隊した夜、中隊長の若い大尉は、真一たちを壕内の一角に集合させて、

「きさまたちは、死ねるか。武士は、死にきる覚悟をもつことが第一だ。これからは、きさまたちの郷土は決戦場となるが、至誠殉国の精神を以《もっ》て郷土防衛のために死ね。おれもすでに死を覚悟している。おれは、常にきさまたちの先頭に立つ。おれの後につづいて死ぬのだ」

と、血走った眼で訓示した。

真一は、

「はい、死にます」

と、友人たちと甲高い声をあげた。

あの夜からおれは死ぬことにきめてしまったのだ、と胸の中でつぶやく。その死は、斬込み、肉弾攻撃という類の言葉で表現される壮烈な死でなければならない。しかし、真一の周囲には、壮烈な死とは程遠い死の危険が絶えずつきまとってはなれない。殊に壕外へ一歩ふみ出せば、銃爆撃や艦砲射撃に、生命が一瞬の間に失われる。

四月も中旬に近い或る午後、壕内でまどろんでいた真一は、沖縄新報を発行所からもらってくるようにという命令を受け、たたき起された。

その新聞は、敵上陸後も発行されている島内唯一の報道紙で、大局的な戦況を知る機会の乏《とぼ》しい各部隊の将兵や首里周辺の壕につめこまれている住民の戦意を昂揚するため発行されているものだが、その配布を夜間におこなうから、すぐに新聞一〇〇部を運んでこいという。

かれは銃を手に壕口からとび出した。

久しぶりに浴びる日光に眼を細めながらも、かれは、すっかり変容した市街地の姿に呆気《あつけ》にとられていた。家という家はほとんど焼けくずれ、いたる所に砲弾や爆弾の落下した大きな穴が口をひらいている。妙に白っぽいまばゆさに満ちた光景だった。

真一は、家並の石塀から石塀へとつたわって駈けた。

新聞発行所は、師範学校の壕内に置かれていた。ようやくたどりついた真一が、壕奥に入ってゆくと、印刷機の据えられた一角で記者や工員たちが数名鉢巻をしめて、ローソクの灯をたよりに土の上に散ったものを拾い集めていた。活字のケースが爆風で倒れたらしく、活字が散乱してしまっていた。

真一は、第五砲兵司令部より受領にきたことを告げ、瘦《や》せた工員からタブロイド版の新聞一〇〇部を受け取った。

かれは、まばゆい空に機影がないのをたしかめると、壕外へとび出した。焼けトタンや崩れ落ちた家の残骸に身をひそめながら駈け、石塀の傍に身をはりつかせると、腕にかかえた新聞の紙面に素早く眼を走らせた。第一面には、特攻機の体当り攻撃により敵艦船一〇〇隻以上撃沈破、地上戦闘でも敵軍の被害甚大などという大きな活字が並んでいた。

真一は、活字の文字に胸の動悸がたかまるのをおぼえた。事実、特攻機は連日のように飛来し、地上戦闘でも、敵上陸後二十日間も経過しているのに、敵の進撃は首里北方五キロの線で停止したままになっている。新聞の活字は、それを具体的に裏づけているように思えた。

かれは、新聞をひるがえした。その時全身を圧する金属音と同時に、激しい銃撃音が体を包みこんできた。

かれは、ぎくりとして上空を見上げた。斜め前方から、急降下してくる敵機のまばゆい風防が眼の前にのしかかってきている。反射的に石塀の傍の溝にころがり込んだ。石塀の砕けとぶ乾いた音が頭上でした。

このまま突っ伏していることは危険だと思った。敵機は執拗に銃撃をつづけ、やがては自分の体にも銃弾が無数に射こまれる瞬間がやってくる。

新聞の束をかかえ直すと、溝をとび出し路上を駈け、露地の突き当りにある高台の崖下にたどりついた。爆音が背後に迫り、かれは、傾斜に背をはりつけふり返った。

機が、凄《すさま》じい爆音とともに突きさすようにのしかかってくる。為体《えたい》の知れぬ巨大な昆虫のように見え、頭部から白い閃光が放たれた。かれは、横に走ると突っ伏した。頭の近くで、ブスッという音が連続して起った。風が走り、機の落す影がかすめ過ぎた。

まだ生きているという思いと、犬死はしたくないという思いが頭の中で交叉し、はね起きると崖ぞいに走り出した。見上げると、数機の敵機が旋回し、そのうち二機はすでに降下姿勢をとっていた。

崖の曲り角をすぎると、前方に石造りの墓所が眼にうつった。背後にせまる爆音を全身で意識しながら、家の形をした墓の半開きにひらかれた扉の中に勢いよくころがり込んだ。と同時に、墓の屋根にすさまじい音響がとどろき、墓の内部がはげしく震動した。

真一は、ころがり込んだ折に腰を打って、そのまま起き上ることはできなかった。再び爆弾の炸裂音がとどろき、半開きにひらかれた扉の間から砂礫《されき》をともなう爆風が吹きこんできた。かれは、眼をとじ頭をかかえた。

その時、はじけるような子供の泣き声を耳にし、墓の奥に眼を向けた。まばゆい戸外を歩いてきたため眼にはなにもとらえることはできなかったが、子供のひりつくような泣き声は、闇の奥から起っている。

真一は、体を起すと墓の奥をうかがった。明りがさした。マッチの光らしく、移動すると、ローソクの灯が闇の中にともり、数人の女や老人の顔が浮び上った。

真一は、思いがけない所に住民がひそんでいることに呆れた。おそらくローソクの灯は、爆風で消えてしまっていたのだろう。

「兵隊さんかね」

年老いた男の声がし、

「怪我をしているのかね」

という女の声がそれにつづいた。

「怪我はしていません。敵機の銃撃を受けまして……」

真一は、しばらく腰の痛みに堪えながらうずくまっていたが、やがて新聞の束をかかえ直すと墓の奥の灯に近づいた。

灯のまわりには、年老いた夫婦らしい男女と中年の女がゴザの上に坐り、七、八歳の女の子と、泣きじゃくっている三、四歳の男の子が、おびえたように真一の顔を見つめている。

「あんたは、学生さんだね」

中年の女が言った。

「ハイ、鉄血勤皇隊第一中等学校隊の者です」

真一は、片膝をついた姿勢で答えた。

「わしの孫も、商業学校の生徒で入隊しているが、戦さの様子はどうかね」

老人の顔には、不安の色が濃くにじみ出ていた。

「これを読んで下さい。敵は大損害をこうむっています。戦さは、私たちにまかしておいて下さい。敵のやつらを、一人残らず島から追い落してみせます」

真一は、眼を輝かせて言うと、抱えていた新聞をさし出した。

かれらは、身を寄せ合い、ローソクの灯で文字を追った。かれらの傍には、ふとんや炊事道具以外にも仏壇や簞笥《たんす》などの家具が持ちこまれている。大きな水甕《みずがめ》には、水が満されているようだった。

「なぜ洞穴壕に入らないのですか」

真一は、家財を見まわしながらたずねた。

「ここがいい。御先祖様のもとを離れない方がまちがいない。今の爆弾も、御先祖様の霊が守ってくださったのだ」

老人は、断定的な口調で言った。

自分の祖母だけでなく、年老いた者はすべて、島内や島外へ疎開するどころか生れ育った土地をはなれようとしないのだろうか。真一は、墓の内部を見まわした。

人が死亡すると、遺体は棺におさめられて墓に入れられ、一定の年数がたってから白骨化した骨は洗われて甕におさめられる。墓はかなり古いものらしく、内壁に沿って骨甕が二十個近く並んでいた。

墓は、壕に準ずる掩体物として効果的なものであるとはきかされていた。事実、屋根に落下した爆弾にも破壊されなかったことを思うと、老人の口にする通り、この家族が身をひそめるのには安全な場所なのかも知れなかった。

「それでは、任務がありますので行きます」

真一は、立ち上った。

「一寸《ちよつと》、待ちなさい」

老婆が傍の缶に手をのばし、黒砂糖の塊をつかむと真一にさし出した。かれは一瞬ためらった。が、老婆の骨ばった手が真一の手をつかんで、掌の上に黒砂糖をにぎらせてくれた。

「ありがとうございます」

真一は、挙手の礼をとった。老婆のただれたような眼に、光るものが湧いていた。扉の所までくると、真一は外をうかがいながら駈け出した。まばゆい空には、敵の機影が往き交っている。あらためて敵機に襲われた折の恐怖感がよみがえってきた。自分を襲ったのは何機だったろう。五機であったようにも思えるし、六機であったようにも思う。いずれにしてもかれらが目標としたのは、石塀のへりにうずくまっていた自分ひとりだけであって、それに対して反復して銃撃をつづけ、爆弾まで投下した執拗さはあまりにも常軌を逸している。敵は、自軍の人命損耗《そんもう》を一人でも少なくするために、ふんだんに弾丸、砲爆弾を費やして地上に動くものをひとり残らず殺戮しようと企てているのだろうか。

かれは、石垣のくぼみに身をひそめると、懐から黒砂糖をとり出した。久しぶりに口にした甘みであった。

かれは、眩《まば》ゆい空を見上げながら放心したような表情で、しばらくの間その甘みを味いつづけていた。

その夜、砲撃で母校の校舎は火炎につつまれた。今まで焼けずに建っていたことが不思議でさえあった。

「なあに、今に戦争に勝てば、新しい校舎が建つさ」

友人たちは、意に介さないように壕口から夜空をこがす炎の色をながめていた。

暑さが増し、壕内の空気は湿気も加わって息苦しいほどになった。その頃から、虱《しらみ》が驚くほどの繁殖力をしめしはじめていた。

下着をぬぐと、縫目にはすき間なく透明な卵がびっしりとつらなり、布の裏には、血をふくんだ桃色の無数の成虫が、脚を物憂《ものう》げに動かして這いまわっている。

真一たちはまだましな方だった。人のひしめき合う南風原の陸軍病院壕や首里周辺の住民壕では、虱の繁殖が猖獗《しょうけつ》をきわめ、頭髪はむろんのこと、眉毛も虱の色で真白くなっている者さえいた。壕内に点々ともる淡いローソクの下では、虱を眼にとらえることはできないだろうし、日中虱をとるために外へ出ることは、そのまま死につながる可能性があった。

それに、壕生活は、真一たちにさまざまな肉体的変調を起させていた。便はいつの間にか白く変色し、一人の例外もなく下痢症状を起している。便所は、壕口の外に掘られた穴があてられていたが、絶えず上空に眼をくばり、砲弾の落下音に注意しながら用を足さねばならない。事実、用便中に銃砲撃をうけて死傷した者はかなりの数にのぼっていた。

便所は、汚れるにまかせていた。穴のふちにはおびただしい蛆《うじ》が這い出し、穴の底からは逞《たくま》しい蠅《はえ》の群が羽音高く舞い上っていた。

陸軍病院壕の内部は、日を追うて悲惨さを増してきていた。後送されてくる負傷者は増す一方で、初めかれらは壕の坑道の片側に横たえられていたが、いつの間にか二段、三段と蚕棚《かいこだな》状の竹ベッドが設けられるようになり、四月下旬になると、坑道両側の三段、四段のベッドに負傷兵がぎっしりと詰めこまれる状態になっていた。

暑さと湿気と臭気のよどんだ狭い通路を、女生徒たちが繃帯交換、食事の支給、排便・排尿の処理に走りまわっていたが、負傷者の数が余りにも多く、彼女たちには到底手がまわりかねるようであった。そのためか繃帯交換も数日に一回になり、膿《う》んだ傷口からはおびただしい蛆が湧き出ていた。

「看護婦さん、食い物はいらない。蛆をとってください。蛆が肉をさすんです」

哀願する声が、随所におこる。

女生徒たちは、繃帯交換の折にピンセットで蛆をとってやっているが、腐食のはげしい傷口の蛆は、肉の間にもぐってつまみとることさえできない。

便も尿も垂れながしなので、下段のベッドの者は身のおき場がない。

それに、高熱におかされて脳障害を起している者も多く、

「隊長殿、隊長殿」

と連呼しつづける兵や、ベッドからころがり落ちて意味もわからぬことを喚《わめ》き散らしながら暴れまわる者もいる。それらの処置もすべて女生徒たちの手にゆだねられ、狂乱状態にある兵を、数人がかりでベッドにかたく縛りつけることもあった。

すでに死体は、埋葬されることもなくなっていた。息をひきとった負傷兵は、夜間を利用して女生徒の手で壕の外にほられた穴に投げこまれる。負傷兵を運搬して行く真一たちも、しばしばその作業を手伝ったが、穴は二日もたつと死体で充満し、

他の穴を新たに掘らねばならなかった。むろん墓標は立てられず、ただ衛生兵の手にするメモにその氏名が記されるだけになっていた。

或る夜、真一は、壕口から出てきた女生徒二人が腕に異様なものをかかえているのに眼をとめた。それは、手術で切断したばかりらしい血のしたたった手足で、彼女たちは、駈けると死体をほうりこんである穴に投げ捨てた。すでに彼女たちの顔には、制服をつけて通学していた頃の少女らしい面影はみじんもなく、激しい気魄《きはく》にみちた人間の表情しか見出すことはできなくなっていた。

その頃、どこからともなく、確実な情報として、四月二十九日の天長節を期して、聯合《れんごう》艦隊の総出撃と特攻機の大挙攻撃がおこなわれ、沖縄本島北部に日本軍の大兵力が逆上陸してくるということが伝えられてきた。

真一たちや将兵たちは、その情報の真偽にかすかな疑念を抱きながらも表情は明るくなった。

上級生の一人は、

「天長節の総攻撃がはじまったら、敵のやつらはたちまち全員降伏だ。海上では、沖縄大海戦がみられるぞ。アメリカは、沖縄戦で決定的な敗北をうけ、戦争も終る。そうしたらおれは、工業専門学校を受験するんだ」

と、興奮した表情で言ったりしていた。

明るい話題は、それをきっかけにつぎつぎと入ってくるようになった。軍司令部の参謀長が、

「戦局はきわめて有利に展開している。近い将来に提灯《ちょうちん》行列をおこなう」

とか、

「敵は、わが掌中にある。一人一人虱でもつぶすようにゆっくりとつぶしてゆく」

と言ったという話もつたわってきた。

真一は、胸の浮き立つのをおぼえていたが、自分にあたえられている任務を思うと淋《さび》しい気がしないでもなかった。たしかに入隊以来、砲撃と銃爆撃の間を縫って、主として負傷者運搬に休みなく働いたが、それは、戦闘を目的とする兵の仕事とは言いがたい。自分には、銃も帯剣も手榴弾も支給されているのに、一度も使う機会はない。

それでも真一は、やはりその日のやってくるのを待った。その日が訪れれば、華やかな戦闘がパノラマのように展開され、敵が徹底的に壊滅される光景を眼にすることができる。

四月二十九日が、明けた。

真一も、胸をときめかせてその日起るだろうことを待った。が、日が傾き、夜になっても、なんの変化も情報ももたらされなかった。

真一たちも兵たちも、虚脱したように暗い表情で黙りこくっていた。

が、翌日になると、新たな情報が流れてきた。

「作戦は変更され、聯合艦隊の出撃も逆上陸も、五月二十七日の海軍記念日に実施される。その日にそなえて、特攻機一千機が九州航空基地に整備をおわり、待機中」

真一たちは、その情報を天長節の総攻撃と同じ程度に受けいれた。海軍記念日は、日本海海戦大勝利の日を記念して設けられたもので、聯合艦隊の総出撃がその日に変更されたことは、いかにも尤《もっと》もらしいことに思えた。

さらにその情報を追うように、友軍の通信隊が傍受したというきわめて好ましい情報も、口から口へとつたえられてきた。敵の通信内容は、日本軍守備隊の抵抗がはげしく、このまま作戦を続行すれば、結果的には大敗北を喫《きっ》する可能性が高い。それを避けるためには、沖縄攻撃は中止して撤退する方が賢明であろう……という趣旨のものだという。

壕内は、再び明るさをとりもどした。このまま死力をつくして守備陣地を確保しつづければ、敵は、予想をはるかに越えた損失に呆然として、やがては沖縄から撤収することにもなるだろう。それが実現した時が、沖縄守備隊と住民の勝利の日なのだ。

しかし、五月に入ると、戦局が有利に進展しているという情報とは逆に、敵の長期にわたる執拗な攻撃で、日本軍守備隊陣地がわずかながらも侵蝕《しんしょく》されはじめていることがあきらかになった。理由は、西方海上を埋めていた敵艦隊が、主力艦を東方海上の中城湾《なかぐすく》に回航させて砲撃を開始、それによって友軍守備陣地は、東西両方向から熾烈な艦砲撃にさらされる結果になったからであった。敵地上軍は、城間《ぐすくま》、西原《にしはら》の線に進出、首里北方三キロの日本守備軍の要害——前田高地に戦車群を先頭にした大兵力を投入しているという。

真一は、すでに自分の家のある村落が敵手に落ちたことを知ったが、上陸以来一カ月、敵は日本軍抵抗線に接するまでの進撃距離を入れても、わずかな距離しか進めなかったことになる。地形を知悉《ちしつ》している真一は、それが自転車に乗れば十五分足らずの距離であることを知っていたし、その短い距離に敵がそれほどの日数を費やさねばならなかったことは、友軍の驚異的ともいえる抵抗の激しさをしめしているように思えた。

しかし、自分の住んでいた村落が敵軍の占領下におかれていることを思うと、平静な気持ではいられなかった。家には、むろん多くの家財が残されている。それらはすべて、真一が生れてから十四年間のさまざまな記憶のしみついている物ばかりで、殊に五年前に疫痢《えきり》で死亡した妹の遺品もいくつか残されているはずだった。

真一は、居たたまれぬような気持であった。敵は、家の中に土足でふみ込み、家財を荒しまわっているだろう。が、すぐにそうした想像が、現実味のとぼしい無意味なものであることに気づいた。家は破壊され、跡かたもなく焼失してしまっている可能性の方がはるかに高い。庭も路も畠も、すべてが砲爆撃で掘りかえされ、家財などは四散し、灰と化してしまっているにちがいない。

かれは、ようやく気持の落着くのをおぼえた。敵の手に汚されるよりは、家も家財もことごとく焼きつくされている方が好ましい。自分が一人の兵士として悔いることなく戦い、戦死するのには、却《かえ》ってそれらのものは消滅してしまっている方が好都合だ、と思った。

戦況の悪化につれて、斬込隊の出撃は頻繁になった。多くは、そのままもどってこなかったが、血まみれになって帰ってくると再び出掛けてゆく一隊もあった。

そんな中で、関西訛《なまり》の十数名の一隊は、どのような戦法をとるのか、軽傷を負う程度の損害だけで何度出撃しても必ず明け方にはもどってくる。

「今晩は、またえろう大きな黒人兵ばかり仰山《ぎようさん》いよってな。まあ見てみい。今日の分捕り品や」

眼を血走らせた兵は、ポケットに手を突っこむと、多くの腕時計や男用の太い指輪を土の上に投げ出し、

「くそったれ」

と口走ると、地下足袋で腹立たしげにふみにじったりしていた。

真一は、かれらの姿を畏敬《いけい》の眼でながめていた。斬込みはもっぱら夜間におこなわれるが、照明弾は地上を白昼のように照らし、夜襲を警戒する敵機も絶えず低空を舞っているという。そこを通過して敵陣地に躍り込むかれらには、大胆さとすぐれた判断力がそなわっているように思えた。

しかし、それらの出撃にもかかわらず、戦況は日増しに深刻化しているらしく、南部に待機していた兵力の北上が目立ち、前線からの敵地上砲火も、軍司令部のある首里市に射ちこまれるようになっていた。

そうした戦況を一転させるためか、陸軍中将牛島満軍司令官の命令で、友軍の総攻撃が、五月四日の明け方から開始された。

首里市周辺から北方にかけて散在している陣地の砲が砲口を開き、全軍に総突撃が命令されたという。が、友軍の砲撃が一斉に開始されたと同時に、敵の熾烈な砲爆撃もはじまり、あたりは敵軍上陸以来最大の轟音につつまれた。

壕内に身をひそませていた真一たちには戦況は不明だったが、豪雨のように落下する砲弾の炸裂音に、敵の火力の強大さを身にしみて感じた。至近弾の炸裂も頻繁でその度にはげしい爆風が吹きこみ、洞穴の土が音を立てて落ち、夜間になって壕内に軽度の落盤まで発生した。

総攻撃が終ったのは、翌日の夜で、戦果は依然として不明だったが、おびただしい負傷者が後送されてきた。

真一たちの負傷者運搬作業は再開されたが、陸軍病院壕は収拾もつかない大混乱を呈していた。壕内は、立錐《りっすい》の余地もないほど負傷者で充満し、運ばれた負傷者はただ壕外に放置されたままになっていた。死体の処理も穴に捨てる手数がはぶかれ、壕外に横たえられてわずかに毛布をかぶせるだけになっていた。

真一は、自分が壮烈な死をねがうのは、毎日負傷者に接しその悲惨な境遇に恐怖をおぼえているからなのかも知れぬ、と思った。重傷よりも一瞬の死をのぞむ気持は、胸に根強く巣食ってきている。重傷者も祖国のために身を捧げた戦士にはちがいないが、かれらは血と膿と排泄物にまみれ、ただ呼吸している存在にすぎない。負傷者の中には、運搬途中、「殺してくれ、殺してくれ」と叫ぶ兵が多い。かれらは、体の苦痛もさることながら戦場での負傷者の扱いが、どれほど無惨なものであるか知っているのだろう。

真一は、頭をふる。自分が壮烈な戦死をねがうのは、そうした現実的なものからの逃避ではない。死を思うとき、かれの胸には、夕焼けの水平線にそそり立つ積乱雲の群が浮び上る。雲の盛り上りは、華麗な壮大さにあふれている。数年前の夏、かれは、茜《あかね》色に染まった積乱雲の峰に、戦闘機がただ一機、点状の機影を没してゆくのを見た。真一のねがう壮烈な戦死は、その折の光景と酷似している。きらびやかな光に満ちた落照、その中に身を埋れさせてゆく孤独な悲壮美。それが、祖国に殉ずる道に通じていることに、かぎりない満足感をおぼえていた。

そうしたかれにとって、総攻撃が顕著な戦果をあげられず中止されたという情報も、落胆の材料とはならなかった。むしろかれには、戦闘の激化が、夕照にかがやく積乱雲の壮大さと華麗さを増すものとして感じられ、一層死の壮烈さを深めさせるように思えた。

しかし、二昼夜にわたる戦闘で、師範学校男子部の斬込隊員が出撃し、また数日前に同じ砲兵司令部から工兵大隊に転属していた五年生の生徒全員が、機雷を背に敵戦車に体当り攻撃を敢行したという情報に、真一たちは、平静さを失った。たとえ上級生ではあっても、かれらには、自分たちにはない死の機会が現実に与えられている。

壕の中には、いつの間にか同級生二十名近くが集まった。

かれらは、殺気立っていた。

「おれたちも、斬込むんだ」

「他の学校隊員たちには、急造爆雷がくばられたそうだ。壕の中にとじこもっていては犬死だぞ」

真一は、感情を抑えきれぬように叫んだ。

「おれは、まだタマを一発も射っていない」

「そうだ。兵隊になったからには戦うんだ。敵を一人でも多く殺すんだ。おれたちは、鉄血勤皇隊員だ」

「上官殿にお頼みしよう。斬込みをやらせてもらおう」

真一たちは、意見をまとめると、壕の中を上官の姿をもとめて探しまわった。

「畑山大尉殿」

友人の一人が、壕内を歩いてくる中年の将校に声をかけた。

「なんだ」

大尉は、立ちどまった。

「お願いがあります。自分たちを最前線に出させて下さい」

「斬込隊に入れさせて下さい」

「他の学校隊では、爆雷が支給されております。自分たちも、爆雷を抱いて敵の戦車にとび込みたいのであります」

友人たちは、声をふるわせて口々に懇願した。

真一は、

「大尉殿。私たちはまだタマを一発も射っておりません。手榴弾も投げません。同級生は、前線でつぎつぎと斬込んでおります。自分たちにもやらせていただきたいのであります」

と、言った。

嗚咽が、周囲に満ちた。

「よーし。立派な覚悟だ。それでこそ、きさまたちを入隊させた甲斐《かい》がある。きさまたちの願いは、たしかにきいた。その時期は必ずやってくる。その時には、天皇陛下万歳をさけんで護国の鬼となって散れ。しかし、まだその時期ではない。きさまたちは、その時まで現在負わされている任務を一心に遂行するのだ」

将校は、真一たちを見まわした。

「すぐにでも前線に出させていただきたいのであります」

友人の一人が、泣きながら言った。

「馬鹿者。きさまたちは、現在やっている任務に不服か。負傷した将兵たちは、敵と奮戦して不運にも傷ついた者たちだ。名誉ある負傷兵を一刻も早く治療するのは、第一線で戦闘するのと同じように重要な任務なのだ。それが、きさまらにはわからんのか」

「ハイ、わかっております」

「わかっておるなら、馬鹿なことを言うな。昼間はよく休んで、夜間の任務につくのだ」

大尉は、真一たちの挙手の礼に答えると、足を早めて去った。

真一たちは、顔を見合わせ、力ない足どりで自分たちの寝ている場所にもどった。上官の言葉の意味はよく納得できるが、自分たちを負傷者運搬のみに使っているのは、一人前の兵として扱ってくれていないことを意味している。陸軍病院壕の衛生

兵たちも、すでに銃を手に前線へ出動したという。住民から召集された防衛隊員も
戦闘に加わっているし、四年生以上の上級生たちは前線の各部隊に配属されている。
真一は、なぜ一年早く生れなかったのかと恨《うらめ》しく思った。体は小柄でも、運動神
経は決して劣ってはいない。斬込隊に参加できなくとも伝令にでも使ってもらえば、
体の小さなことが却って被弾率を低くするだろうし、目ざましい働きもできるのに――。
真一は、友人たちにならって軍服をぬぎ半裸になると横たわった。
別れぎわの母の顔が、よみがえってきた。令状を手に駈け出した自分に、母はな
にも声をかけず、ただ家の前に立って見送っているだけだった。それは、二年前に
出征した長兄を見送った時の、うつろな母の顔と同じものだった。
母の周辺からは、夫である父、子である真一の妹が相ついで病死し、長兄の戦死
につづいて次兄も南方戦線で病死した。さらに、祖母の死によって、母には自分の
ほかは長兄の嫁である嫂と二人の幼い孫が残されただけである。
母の生活には絶えず死がつきまとい、母は深い諦《あきら》めの世界に身をひそめているの
だろうか。次兄の戦病死の公報が舞いこんだ時、母は、
「やっぱり死んでしもうた。死んでしもうた」

と、すすり泣いていた。

無言のまま見送っていた母の虚脱しきった表情は、ただ一人残された子である自分が、やはり死ぬことを予感したためのものなのだろうか。

「しかし、母さん」と、かれは、胸の中でつぶやいた、「戦争は男が死んで、女が生き残るものなのです。僕たち男は、なぜか本能のようにそれを無意識に知っていて、女や幼い子供たちの生命を守るために死を賭して戦うのです。兄さんたちが死んだのもそのためですし、僕もそのために死ぬのです」

胸の中に、母の悲しみがひろがった。母の周囲からは、夫をふくめて三人の男子が消え、最後に残った自分も消えようとしている。母は、夫や息子を失うために結婚し、子を産み、生きつづけてきたようなものではないか。

真一は、徐々に意識がうすれてゆくのをおぼえながら、眼尻からかすかに涙がにじみ出るのを感じた。虱が、ズボンの中で這いまわりはじめている。

かれは、暑さと湿気の中で深い眠りの中に落ちこんでいった。

日本軍は、首里市北方三キロの線で、牡蠣《かき》のようにはりついたまま動かない。総攻撃に失敗はしたが、敵の猛攻撃に依然として斬込み戦法を反復し、守備陣地を死守しつづけている。

しかし、負傷者の数は増す一方で、野戦病院壕も陸軍病院壕も完全に収容能力をうしない、また各所に掘られた洞穴壕も墓所も、兵や住民で充満していた。砲爆撃は、首里市周辺の土壌をすべて掘りおこし、珊瑚礁の土壌が表面に露出してあたりは一面に白い世界に化していた。

壕の大半は堅牢だったが、それでも壕口への直撃弾で落盤したり、敵機からのガス爆弾投入によって各壕で多くの死傷者が続出していた。前線の戦況は緊迫の度を加え、優勢な火力をともなう敵の浸透が随所にみられ、首里市周辺の高みからは、敵の戦車も望見できるようになったという。

すでに軍命令が発せられて、住民は島の南部へと続々と移動をはじめていた。むろん夜間を利用したものであったが、どこから這い出てきたのかといぶかしむ程のおびただしい人の数であった。

かれらの顔は、二カ月にわたる壕内生活で髪も髭《ひげ》ものび、よごれきった衣服からは青白い顔や手足がのぞいている。路上をわずかな食糧と鍋釜・食器などをかついだり頭にのせたりして、おびえきった表情でひしめき合うように歩いてゆく。背にくくりつけられた嬰児《えいじ》や、手をひかれた多くの子供の姿もまじっていた。

住民は、毎夜、壕を這い出し南下してゆく。避難先は、島の南東海岸にある知念《ちねん》半島が指示されていた。

住民の避難命令は、真一に戦況の悪化を実感として感じさせた。首里市は、やがて敵の進出で戦場化し、戦局も最後の決戦を迎えることになるのだろう。

真一は、黙々と負傷者運搬任務についていたが、病院壕の入口近くに爆弾の落下もしきりで、壕外に放置されている負傷者の群がしばしば四散した。水汲みや負傷者収容のために壕外へ出る女生徒たちの中からも、死傷者が続出するようになっていた。

五月も二十日近くになると、前線陣地の洞穴壕が、敵の「馬乗り」攻撃をさかんに食いはじめるようになったという情報がつたわってきた。洞穴壕の入口まで進撃すると、敵は、洞穴の中に爆薬を投じ、火焔放射器の炎を吹きこみ、それでも洞穴の中から友軍が抵抗をつづけると、洞穴の上部から鑿岩機《さくがんき》で穴をあけ、そこから煙弾や爆薬を落しこむのだという。

砲兵司令部の壕内は、前線から後退してきた兵たちによって充満していた。かれらの顔つきは一様にひきつれ、

「戦友の仇《かたき》を必ずとる。きさまらもおれにつづけ」

と、真一たちに声をかけてくる。

壕内は、異常な緊迫感につつまれ、黙々と銃の手入れをする者、爆雷をかついで出てゆく者、熱っぽい口調で部下に訓示する下士官などが入り乱れて、殺気立った空気があふれていた。

或る夜、食糧運搬の任務中、真一は、軍司令部壕の壕口で異様な光景を眼にした。荒縄で後手にしばりつけられた者が四名、雨にうたれたまま土の上にころがされている。

真一は、かれらを男かと思った。頭は短く刈られ、傍には竹槍が四本泥にまみれて置かれていた。しかし、その叫び声は、あきらかに女の声で、彼女たちはモンペをはき、地下足袋をつけていた。

彼女たちは、叫んでいた。その声には、或る種の宗教的な陶酔感に似たひびきがあった。

「斬込む――」

「アメリカ、殺す――」

彼女たちは、頭を泥にこすりつけころげまわっている。時々歯をむき出しにしては、体に食いこんだ荒縄をかみ切ろうとする。そのすさまじい表情に、真一は、彼女たちがまちがいなく発狂者なのだと思った。

「どうしたんでありますか」

真一は、壕口に立っている歩哨にたずねた。

「前線から引っ立ててきたんだ。斬込むといってどうしてもきかなくてな。が、軍司令部では女の斬込みは絶対に許さん方針で、今、上官が説得したんだが、どうしても納得しない。あまり暴れまわるので、縛ってしまったんだ」

真一は、体が熱くなるのをおぼえながら彼女たちの姿を見つめた。泥まみれになっているのでよくはわからないが、年齢は十七、八歳ぐらいだろうか。頭髪は鋏《はさみ》でも切ったのか、毛もまだらになっている。肩から、一様にたすきをかけていた。

壕口へは兵の出入りがはげしかったが、かれらは、娘たちの姿に一瞥《いちべつ》をあたえるだけで通り過ぎる。至近弾の落下音がすると、かれらは、娘たちを放置したまま壕内に走りこんだ。

真一は、絶叫しつづける娘たちの声をききながら壕口からはなれると、何度も泥の中に体を伏せてようやく砲兵司令部の壕へもどった。かれは、友人たちに今眼にしてきた光景を口にした。友人たちの眼には、涙がにじみ出た。

「女たちも、そんな気持になっているのか。おれたちもきっとやってみせるぞ」

友人の一人が、うわずった声で言った。

前線陣地の後退があきらかとなり、牛島軍司令官以下全将兵が、首里市周辺で一大決戦にのぞむらしいという話がつたわってきた。真一たちは、無言のままたがいの表情をさぐり合っていたが、だれの眼にも待ちかねていたものがやってきたという心のたかぶりが、妙な輝きとなってうかんでいた。

敵と対決する時がやってきた、と思った。最前線に配属された上級生のほとんどは消息不明になっているし、自分たち下級生だけが戦闘から取り残されてしまっているらしい。が、首里が戦場になれば、当然自分たちも銃の引金をひき、手榴弾を投げ、爆雷を背負って敵陣地にとび込むことができる。

その時期が確実に近づいていることを示すように、壕附近への砲弾落下は激しさを増し、しかもそれは、艦砲弾の落下とは異る迫撃砲弾の乾いた落下音だった。すでに壕附近は、敵地上砲火の砲撃圏内に入っていた。

五月二十二日の明け方、雨中の負傷者運搬作業を終えて壕内に入った時、突然閃光と轟音が周囲にひろがり、真一は、洞穴の側壁に体をぶつけて顚倒《てんとう》した。

意識がしばらくの間うしなわれていたが、やがて刺激的な硝煙の匂いに体を起した。

壕内のローソクの灯は消えて、闇になっている。

「壕口に直撃を食った。あかりを点《とも》せ。円匙《えんぴ》を持って集まれ。壕の口がふさがれた」

闇の中から声が起る。

やがてローソクの灯が洞穴の奥から近づき、つぎつぎと他のローソクに点火されてゆく。

真一は、爆風の衝撃で頭部をうった友人を壕内の隅に坐らせると、スコップを探し出して壕口の方へ急いだ。そこでは、すでに数名の兵が鶴嘴《つるはし》をふるい、スコップで崩壊した岩や土をすくっていた。

真一は、このまま生き埋めになるのではないか、という不安におそわれた。あたりに集まってきている兵や友人たちの顔にも、暗い表情がかげっていた。が、十分もたたぬうちに鶴嘴の先端から夜明けの明るみがのぞき、それはまたたく間に大きな穴にひろがっていった。

真一は、兵たちと雨の中を壕外に出た。先にとび出した兵が、

「止血帯だ」

と、叫んだ。

砲弾は、丁度壕口の右側に落下していて大きな穴が開いている。その穴の周辺に

は数人の兵が倒れ、身をもだえて這いまわっていた。

真一は、自分たちの後から負傷者運搬を終えた友人たちがついてきていたことを初めて思い起した。背筋に冷たいものが走るのを意識しながら、穴のふちをまわって倒れている者の傍に駈け寄った。

兵にいだかれて呻いているのは、照屋という隣のクラスの同級生だった。かれの左足は膝頭の上でちぎれ、わずかにゲートルの巻かれたズボンの布で足の下の部分がつながっているだけであった。

「照屋がやられた」

真一は、ふり返ると友人たちに叫んだ。

しかし、友人たちは、土嚢《どのう》の積まれていた個所に立ちすくんだように寄り集まっていて、真一の声にただ一人がふり向いただけだった。

真一は、その異様な気配に照屋の傍をはなれると友人たちの集まっている個所に走り寄った。

倒れているのは四人の兵で、そのうち二人は意識を失っただけらしくぼんやりした眼をして半身を起していたが、他の二人は、仰向けに倒れたまま起き上らなかった。

友人たちは、倒れた二人の兵にすがりついていたが、兵たちの姿を見た時、真一は、体がかたく凍りつくのを感じた。それは、同じクラスの島袋と安里という友人で、島袋は腹から桃色の内臓を泥の上にはみ出させ、安里は、顔の半分がめくれたように失われていた。

島袋の体は動いていなかったが、安里の体は、規則的な痙攣を起していた。かなり激しいもので周囲の泥もそれにつれて揺れていたが、やがてその動きも弱まり、安里の体も泥の中で動かなくなった。二人の名を、友人たちは、涙声で呼んでいるが、島袋も安里もなんの反応もしめさなかった。

真一は、多くの重傷者と多くの死体に接してきたが、いつの間にかそれらになんの感慨もいだかないようになってきていた。傷は多種多様だったが、負傷兵の姿も類型的なものにしか感じられず、殊に死体の場合にはそうした印象がさらに濃かった。死体は、ただ動かなくなった物体でしかなかった。

しかし、内臓をはみ出させ、顔の半ばをふきとばされた二人の友人の姿を眼の前にした時、真一は、初めて死体をみたような恐れをおぼえた。島袋も安里も入学以来の顔なじみで、入隊後も同じ壕内で寝起きし、負傷者運搬にも従事しつづけてきた。島袋は軽口が巧みで友人たちをよく笑わせ、安里は、クラスで最も背丈が高く肥《こ》えてもいた。

島袋と安里は、同じ村落に住んでいて仲がよかったが、半年ほど前に派手な喧嘩《けんか》をしたことがあった。原因は、安里が同じ村から通学する第二高女の生徒に恋文を書き、それを剽軽《ひょうきん》な島袋が学校で冷やかしたことがきっかけであった。無口な安里と恋文との組合わせがひどく不自然で、それだけに真一たちも興がったが、顔を蒼《そう》白《はく》にした安里は、いきなり島袋の顔をなぐりつけた。それから争いがはじまったのだが、島袋は、拳《こぶし》で逆に安里の歯を打ちくだき、大柄な安里をうずくまらせてしまった。

二人の間は、それから一カ月ほど冷えてしまっていたが、どういうきっかけからか、二人は、以前よりさらに親しくつき合うようになっていた。

真一たちにとって、島袋と安里は、そんな事件もあっただけに眼に立つ存在で、それが一瞬のうちに二人とも死体となってしまったことが悲しかった。

真一は、雨に打たれている島袋の腹部からはみ出した内臓をみつめた。今まで長い間接してきた島袋の体の中に、そのようなものが包蔵されていたことに、真一は奇異なものを見るような驚きをおぼえた。そして、自分たちの眼に、そんなものをさらしている島袋の哀れさが、胸の中に堪えがたい苦痛となってひろがった。

「もうすぐ空襲がはじまるぞ。早く始末してやれ」

下士官が、苛ら立ったように叫んだ。

真一たちは、壕内から鶴嘴とスコップを持ってくると道の傍に鶴嘴を突き立て、黙々と土を起し深い穴を二つ掘り上げた。

また閃光が走って砲弾が近くの高みに落下し、石や土があたりに降った。真一たちは、二個の死体を、雨水の流れこむ穴の中に入れた。土は、足の方から落され、徐々に顔の方へ移った。

島袋は、泥水のたまりはじめた穴の中で、仰向けに眼を大きくみひらいて横たわっている。その顔の上にスコップの土を落した時、真一は、

「仇をとってやるぞ」

と、口走りながら嗚咽していた。

二十一名の真一たちの隊員は、重傷を負った照屋を陸軍病院に運んだため十八名になっていたが、その夜さらに一名が欠けた。壕口からの爆風で、頭部を洞穴の岩にうちつけた識名という同じクラスの友人が、意識不明のまま大きな呻き声をあげると、嘔吐《おうと》物を吐き出して息絶えてしまったのだ。

遺体は、島袋たちと同じ場所に埋められたが、真一たちは、もはや涙を浮べなか

った。戦争に死はつきものであり、自分たちにもいつかは死が訪れる。いたずらな感傷は不要であり、真一には、学友三人の死も、今まで多く接してきた兵士たちの死と同じように感じられた。

その夜も、土砂降りの雨が降りつづいた。島に例年おとずれる雨期がはじまったのだ。

壕外は泥濘と化し、真一たちは、膝まで泥の中につかりながら負傷者の運搬作業をつづけた。

砲兵司令部の壕の位置から、初めて敵兵の姿がみとめられたのは、五月二十四日の正午近くであった。

発見したのは壕口に立つ歩哨で、一五〇〇メートルほどはなれた丘陵の稜線《りょうせん》に敵兵が散開するのを眼にとめたという。

壕内は、騒然となった。前線からは泥濘の中を兵や傷ついた兵が後退してきて、敵の接近が告げられている。かれらは、殺気立った表情で、補給される弾薬や手榴弾を奪い合うように身につけていた。

真一たちは、集合を命じられると、所属中隊の中尉から厳しい口調で訓示を受けた。

「敵は、物量をたのんで接近してきている。われわれは、この壕を死守し、敵を撃滅する。きさまたちにも最後の御奉公の時がやってきた。軍司令官閣下以下全軍は、首里市を堅持して総突撃をおこなう予定である。きさまたちも大死一番、必勝の信念をもって奮闘せよ」

中尉の眼は血走り、語気は激しかった。

解散になると、真一たちは、自然と身を寄せ合った。戦闘ともなれば戦死か、自決か、いずれにしても死以外にない。いよいよその時がやってきたかという思いは共通していて、だれの顔にも死を覚悟した表情が浮んでいた。

かれらは、静かな口調で話し合った。

「どうせ死ぬなら、日本人らしく潔く死のう」

「他の学校のやつも、おれたちの学校の先輩も、前線に配属された者たちはほとんどが戦死しているらしい。おれたちも、おめおめと生き残ってはいられない」

「ただ敵も殺さずに死んでしまっては犬死だ」

「そうだ、一人十殺。おれは、どうしても敵の大将を殺して死にたい」

低い声ではあったが、かれらの眼には、強い決意にみちた光がうかんでいた。

その夜、前線から後退してくる兵の数はおびただしく、砲兵も、大砲を人力でひき砲弾をかついでさがってきた。そして、住民のいなくなった洞穴壕に陣地をかまえると、砲口を北方に向けた。

敵の迫撃砲の飛来は激しく、後退してくる兵たちの死傷者は続出し、壕内は、負傷兵や兵たちの体であふれた。

真一たちは、負傷者運搬が不可能になったので、なすこともなく壕内を歩きまわっていた。その姿を見とがめたのか、顔面を血のにじんだ繃帯でおおった上等兵が、真一の友人をいきなりなぐりつけた。

「なんだ、きさまら。生白い顔をしていやがって、今まで壕内でのうのうとしていやがったな。きさまらと同じ学生たちは、奮戦してみんな戦死した。敵の奴らは、バリバリやってくるぞ。おれたちは、数えきれないほど奴らを殺してきた。白兵戦がどんなものか教えてやる。その時は、おれたちについてこい」

「ハイ、よろしくお願いいたします」

真一たちは、不動の姿勢で答えた。

「よろしくだ？　よし、きさまらも日本人だ。肉弾攻撃がどんなものか教えてやる」

上等兵の眼には、下級の者に対する陰険な気負いと、敵に対する激しい憤りの色が浮んでいた。

「五月二十七日のことはどうしたんだろう」

友人の一人が、壕の隅にくると低い声でつぶやいた。が、誰もそれについて言葉を口にする者はいなかった。聯合艦隊の大出撃と大規模な逆上陸作戦は、三日後にせまった海軍記念日におこなわれるはずだというが、かれらは、いつの間にかそのことについてほとんど関心をいだかなくなっていた。作戦は情報通り実行され、戦況も好転するかも知れないが、現実の問題としてかれらの眼前には、敵との戦闘がせまっている。たとえ戦況が好転しても、それまでには自分たちも戦死している可能性が充分にある。

砲撃ははげしく空襲も激化して、壕口の近くにも間断なく砲弾や爆弾が落下し、歩哨の死傷が相ついだ。

翌日の夕方、何人目かに交代した歩哨が、五〇〇メートルほどはなれた丘陵の斜面を、兵をともなった敵戦車が移動しているのを目撃した。砲兵司令部壕の近くに陣をかまえていた友軍の砲が戦車に砲弾を命中させ擱坐《かくざ》させたが、上空の敵観測機が砲の位置をつたえたらしく、艦砲弾と迫撃砲弾が砲兵陣地に集中、陣地はたちまちのうちに破壊されてしまった。

そのうちに、東海岸を南進していた敵の先端が、与那原《よなばる》を経て雨乞森《あまぐいむい》高地に出没するようになったという情報もつたえられてきた。壕内の空気は、動揺した。雨乞森高地は、首里の一・五キロほど南方に位置し、南風原陸軍病院にも程近い。つまり敵は、東海岸方面に深い楔《くさび》を打ちこみ、後方から首里市を包囲する態勢をととのえようとしていることはあきらかだった。

かれらの動きを鈍らせているのは、沛然《はいぜん》と降りつづく豪雨だった。砲爆撃で掘り起された地面は泥濘化し、戦車をはじめ重火器が土中に埋れ、補給状態もとどこおりがちになっているという。

壕内にひしめく兵の表情は、複雑だった。諦めの表情を露骨にみせて黙りこくっている者の傍では、無表情に武器の手入れに専念している者がいる。かと思うと、興奮した口調で、白兵戦の方法を議論している兵たちもいる。それらの緊迫した空気は、最後の決戦が眼前に近づいていることをしめしていた。

しかし、日が没した頃、思いがけない軍司令部命令が壕内の将兵たちにつたえられた。それは、日本軍の首里市放棄を意味するもので、軍主力は、島の南部の喜屋《きや》武《ん》半島に撤退し新たな抵抗線を敷くという。

喜屋武半島は、北正面に陣地構築に適した八重瀬《やえせ》岳及び与座《よざ》岳という高さ二〇〇メートル近い丘陵をひかえ、さらに海岸線も三〇〜四〇メートルの断崖《だんがい》となってい て、登攀《とうはん》はほとんど不可能な地形になっている。それに、幅八キロ長さ六キロほどのその半島には、隆起珊瑚礁で造成された自然洞穴や人工的につくられた洞穴壕が多く、首里市を中心に決戦を挑むよりは、はるかに有利な戦闘を展開することができることはあきらかだった。

しかし、首里市の放棄決定までには、軍司令部内でもかなりの反対意見が出されたという。その一は、首里市附近の壕に充満する重傷者の処理で、その数は一万名にも達し、それらを喜屋武半島まで後送することは不可能といっていい。さらに、一般住民の処理も、有力な反対意見の論拠にされたという。首里から避難した住民は、その後の情報によると連絡不徹底もあって、軍の指示した東海岸の知念半島に向かったものはわずかで、ほとんど南部の喜屋武半島に移動しているらしい。理由は、東海岸方面で敵の進出が意外にも早いのに不安をおぼえたことと、軍の庇護をねがう住民心理が、兵力の残されている南部にかれらの足を向けさせたのである。その数は、南部住民をふくめて三十万名にも達し、半島で一大決戦がおこなわれれば当然それら住民を戦いの渦中に巻きこむことは必至だった。

しかし、作戦はすべてに先行し、これら一部の反対意見は黙殺された。敵の日本本土進攻時期を少しでも延期させねばならぬ使命を帯びた沖縄守備隊は、多くの犠牲をはらってもなるべく長期間にわたって抵抗をこころみる必要にせまられていた。指令がつたわると、壕内ではあわただしく撤退準備がはじめられた。

「撤退ではないぞ。勝利のための転進だ。敵の戦力は、極度に衰えている。喜屋武半島で叩きつぶすのだ」

将校が、声をあらげて叫びまわっている。

兵たちの反応はさまざまだった。

「なんだ、だらしがねえじゃねえか。おれたちは、あくまで首里にとどまって戦うんだ」

と、激昂する兵たちがいるかと思うと、放心したように壕の側壁にもたれて坐っている兵の姿もあった。やがてかれらは、黙しがちになって思い思いに撤退準備をはじめた。

夜八時頃、若い少尉から真一をふくめた四名が命令を受けた。

「きさまたち四名の者は、南風原陸軍病院の傷兵の後送協力にあたる。傷兵の後送は、今夜九時を期して実施されるはずであるから、ただちに出発せよ。本司令部は、摩文仁《まぶに》村波平《なみひら》におもむくから、後送作業が終了後は、波平に集合」

真一たちは復唱した。

友人たちが、集まってきた。

「気をつけて行け」

「途中で犬死をするな」

友人たちの気づかわしげな声を耳にしながら、真一たちは軍装をととのえると壕口に向かって歩いた。

壕外には、滝のように激しい雨が落ちている。夜空に照明弾が打ちあげられ、砲弾の炸裂音がとどろいていた。

真一たちは、泥濘の中に走り出た。

三

その指令は、どこから発せられたものかわからなかったが、一種の決定事項に似た重みでひそかに看護婦たちの間につたえられていった。

指令は、「独歩患者を引率して移動せよ」という短いものだった。それは、「重傷患者はそのまま放置して後退せよ」ということを意味するものでもあった。

汚濁に満ちた壕内には、息苦しい緊迫感とあわただしさがひろがっていた。患者たちに、「歩けるものは壕外に出ろ」という簡単な指示が出されていたが、そのことだけですでに患者たちはすべてを察したのか、異様な空気が壕に漂っていた。

「水を……」「繃帯交換を……」「便器を……」とせがんでいた患者の声も絶えて、かれらは、ベッドの上で身じろぎもせず眼を開け閉じしている。

真一は、女生徒たちと壕外への独歩患者の誘導につとめていたが、重傷患者たちの深い沈黙に居たたまれぬような気持になっていた。

不運にも傷つき戦闘にも参加できなくなった折には、敵に身をまかすよりは潔く自決をえらぶ……ということが戦場での掟《おきて》であることは知っている。が、まだ生きている数千名にも達する患者が集団自決することを思うと、かれらを遺棄して後退することに後暗さに似た感情をおぼえていた。

しかし、そうした感慨は、たちまち破られた。二〇〇メートル程はなれた東側の病院壕から、伝令が泥まみれになって駈けこんでくると、

「壕内に敵が侵入を開始しました。一刻も早く移動してください」

と叫んだ。

真一たちは、狂ったように独歩患者をあわただしく壕外へ引き出したが、通路の両側から白々とした触手のような重傷者の手がさしのべられてくる。それがなにを意味するのか真一にはわかりすぎるほどわかっていたが、それらを払いのけるようにして通路を急いだ。

「看護婦さん、お世話になりました」

という声が、湧き上るようにベッドから女生徒たちに投げかけられている。その都度、女生徒たちは、眼を泣きはらしながら無言でうなずいていた。

独歩患者の誘導が一段落つくと、壕の一角で多数の容器に牛乳が満され、その中

に衛生兵があわただしく薬液をスポイトで点滴させていた。それを見守っている女生徒たちは、肩を波打たせて泣いていた。彼女たちの同級生も三名、重傷患者として壕内に残されていた。彼女たちは、重傷患者たちの自決が牛乳に混入される青酸カリによってなされるのだということに気づいて、重傷の友人たちを運び出そうとしたらしかったが、友人たちは、「早く行って」と壕外に出ることを拒んだという。

「なにをしている。早く独歩患者の後送を手伝わんか」

衛生兵が、怒声をあげた。

真一は、女生徒たちと丘陵の傾斜を下りた。

畠の中を、雨しぶきに打たれた黒い列が動いていた。衛生材料を天秤棒《てんびんぼう》でかつぎ、独歩患者に肩をかしたりしている女生徒たちの姿もまじっている。

落伍者を少なくするためにロープが渡されていて、それを手に患者たちは歩いている。真一は、泥の中を最後尾の集団に追いつくとロープの端をにぎった。

不意に、後方であきらかに機銃と思える発射音が起った。真一は、ぎくりとして丘陵の傾斜をふり返ったが、敵らしい姿はみられなかった。

真一は、視線を病院壕のうがたれている方向に向けた。照明弾の明るみに、ひしめき合いながら動いているものが眼にとらえられた。

敵か、と咄嗟《とっさ》に思った。しかし、その動きは緩慢だった。それは、傾斜全面がかすかに動いているようなかなりの数の人間の動きだった。

背筋が冷えるのを感じた。重傷患者が、傾斜を這いながら追ってくる。自決をおそれて這い出してきたものなのだろうか。それともまだ自分にも戦闘能力が残されていると信じているのだろうか。かれは、その緩慢な動きをおびえた眼でながめつづけた。

雨がさらに勢いを増し、斜面を動く黒々としたものもうすれ、前方を行く人の列も、灰白い雨しぶきにつつまれた。

列の動きは、ひどく鈍かった。独歩患者といっても、大半が重傷患者とほとんどかわらぬ歩行の無理な者ばかりで、かれらは息をあえがせ、泥に足をとられてたあいなく膝をつく。その都度、真一は、駈け寄ると患者の体を引き起した。

路が、前方にみえてきたが、路上には艦砲弾の閃光がしきりだった。

「綱をはなせ。砲撃で却って危険だ」

列の前の方から、鋭い声が雨音の中をつたわってきた。

真一は、患者たちの手から急いでロープをもぎとった。

ようやく列は、畠から路に上ると長い列になって動きはじめた。

いつの間にか真一は、中年の大柄な男に肩をかして歩いていた。男の顔は、いつ交換したかわからぬような繃帯でおおわれ、繃帯の間から数匹の蛆が白い体をのぞかせたり引っこめたりしている。男は、呻き声をあげながら、時々傷口の蛆の動きがかゆいのか、指先で繃帯の上からもむような仕種をする。その度に男の顔面からは、膿汁の悪臭が濃くただよい出た。

膝まで没する泥の中を歩き、その上肩におおいかぶさってくる男の重みに、真一は、今にも膝がくずおれそうな疲労感に襲われていた。男の体はひどく大きく、真一は、男の体を支えて歩きつづけていた。

路の曲りまできた時、数メートル前を歩く痩せた負傷兵が、朽木のように横に倒れるのがみえた。真一は、その負傷兵を救け起すため、肩をかしてやっている男の体からぬけ出そうと身を動かした。

しかし、真一の肩にまわしていた男の腕に思いがけないほどの強い力が加わった。真一の体は、男の腕の中にかかえこまれるように引きつけられていた。

真一は、ぎくりとして男の横顔を見つめた。繃帯で表情はわからないが、その隙《す》間《ま》からのぞいた眼には、真一の体をはなすまいとする強い意志が暗く光っていた。

頭に、錯乱が起った。この男は、あきらかに倒れた負傷兵を救け起そうとしている真一の行為を阻止しようとしている。肩をつかんでいる腕の力の強さからも、その男は、ひとりで歩ける余力を充分に残しているように思える。それなのに、男は、真一の肩にしがみついてはなすまいとしている。

真一は、愕然《がくぜん》とした。戦争が開始されてから、将兵も住民も一人の例外もなく、緊密な意志で結ばれてきていると信じてきた。それは、一人一人がすすんで自己を犠牲にしてきたからにちがいなかった。しかし、この男は独歩できる体力がありながら、倒れた戦友をそのまま放置させようとしている。

真一は、男に抱きすくめられながら、負傷兵の傍に近づいていった。真一は、足をとめ、負傷兵の姿を見下した。

仰向いた体は、泥濘の中にあった。雨に打たれるにまかせた顔に、はっきりとひらかれた眼とかすかに動く口があった。

「いい気持だ、いい空気だ」

若いその兵の顔には、微笑が浮んでいた。壕内のよどんだ空気と、膿汁や排泄物の匂いから解放された兵は、冷たい雨脚と澄んだ夜気にこの上ない快感をおぼえているのだろうか。

兵の顔は泥の中に埋れ、ひらいた眼にも口の中にも泥水が入りこみ、やがて顔も没してしまった。

男の腕が、しきりと前へ進めと命じている。真一は、足を動かした。男に対する堪えがたい不快感が、胸の中に充満した。男は、真一をのがすまいとするのか、必要以上に体の重みをのしかけてきている。そのくせ、真一の足が泥にはまって動かなくなると、小さな体を持ち上げるように引きつけた。

突然、路の左右に艦砲弾が炸裂した。火閃《かせん》が眼一杯にひろがり、爆風で真一は、男と泥の中にのめり込んだ。すさまじい地響きで泥が盛り上り、体の上に泥にまじった乾いた土が音を立ててふりかかってきた。

路上で人の体がうごめき、また列が組まれた。が、起き上れずに泥の中に倒れたまま動かなくなっている者も多かった。

「こいつら、立たないと叩っ殺すぞ」

誘導責任者の見習士官が抜刀し、倒れているものを狂ったように峰打ちで叩きまわっている。

列が、動きはじめた。

体も繃帯も泥にまみれた男は、真一の肩をさらに力をこめて抱きながら歩きはじめた。そのうちに真一は、男の眼におびえた光が落着きなく浮んでいるのに気がついた。

真一は、男に蔑笑《べつしょう》を浴びせかけてやりたいような気持になった。たとえ負傷して気が弱っているとしても、自分のような小さな体をした者にすがりつき、至近弾におびえている男は、軍人としての資格に欠けている。おそらく男の負傷も、華々しい戦闘の結果ではなく、むしろ怯懦《きょうだ》のためにちがいない。自分は入隊してから二カ月足らずの少年兵だが、敵に対しての恐怖感はない。少なくとも自分の周囲に、このような種類の男は一人としていないはずだった。

下着だけしか着ていないのではっきりとはわからなかったが、なんとなく真一は、男が下士官かそれとも下級将校にちがいないと感じていた。体にしがみつき、歩くようにうながす男の仕種には、世話されることに慣れ命令することを常とする階級の者の気配がかぎとれる。そうした地位にある身ならば、すすんで他の負傷兵をはげまし、その後退を指導しなければならない立場にあるはずだ。

見覚えのある山川《やまかわ》の三叉路《さんさろ》をすぎると、列はすっかり乱れ、真一も足を動かすのが苦痛になった。意識もうすれがちで、全身から感覚というものが消えている。男もただ喘《あえ》ぐだけで、時折、足をとめて肩を波打たせていた。

どれほど歩いた頃だろうか。

「負傷者と衛生材料をトラックに乗せろ」

という声が、砲弾の炸裂音と雨音の中からきこえてきた。

「トラック？」

男の口から、はじめてかすれた声がもれた。それは、大柄な体に似合わず女のような細い声で、男は、顔をあげると、急に真一をうながして歩き出した。

トラックが二台、丘の崖下にとまっていた。そこは、海上方向からの砲弾を避けるのに恰好な場所で、人影がひしめくように寄りかたまっている。

近づくと大半は住民で、頭から足の先まで泥におおわれ、男か女かの区別もつかなかった。手にさげている物はほとんどなく、背に子供をくくりつけて泥の中にうずくまっている姿も多く見られた。

かれらは、トラックを暗い眼で見上げていた。しかし、のせられているのは負傷兵だけで、荷台に這い上った者も倒れてしまうらしく、荷台の後部には横たわった負傷兵の体が堆《うずたか》く盛り上っていた。

男は、荷台に手をかけると、

「ケツを押せ」

と、真一に言った。

真一は、ようやく男から解放される安堵感で、力をこめて泥だらけの尻を押し上げた。

男は、荷台に上ると真一をふり向くこともせず、運転台の後の最前部にゆくと腰を下した。

やがて、トラックが負傷兵の体を揺らせながら出発した。

いやな奴だった、と真一は、トラックのはねかける泥を浴びながらつぶやいた。真一の周囲には、トラックにも乗れずに泥の中にくずおれるように坐りこんでいる負傷兵たちがいた。あの男は、他人のことには一切関心をもたず、自分のことしか考えようとしない。おそらくあのような男が、最後の最後まで図太く生きながらえるにちがいない。

女生徒たちも疲れきっているらしく、負傷兵たちにまじって泥の中に坐りこんでいる。泥と人間とが融け合っているような異様な光景であった。

「出発」

見習士官の声に、泥の中の人間が立ち上った。女生徒たちは、負傷兵の体を支え、衛生材料をかつぎ上げた。

真一は、右手の失われた痩せた兵の腕の下に肩をさし入れた。兵は、真一の顔に眼を向け無言のまま頭を下げた。兵は、激しい疲労のため感謝の言葉を口にすることもできないようだった。

八重瀬岳、与座岳の丘陵が、黒々と前方にみえてきた。負傷兵の落伍者が増し、列は乱れた。泥の中に腰を下す者や、手をついて肩を喘がせている者もいたが、真一も、兵の体を支えるのに精一杯で、それらの落伍者に手をかす力も失われていた。

与座の村落近くにくると、列をととのえるために小休止がとられた。真一は、兵と倒れるように腰を下した。が、十分もたたぬうちに照明弾が夜空にいくつも上り、艦砲弾があたりに炸裂しはじめ、その地点にとどまることは危険になった。

小休止が解かれ、列は、再び動き出した。小休止したためか、却って体の筋肉が麻痺し、泥が異常な重みとなって足を包みこんできた。

五〇メートルほど進んだ頃、真一は、泥の中に散乱しているものを見た。近づくと道傍の畠に大きな穴が二つひらき、路上に人間の体が四散している。

列は、それを避けることもなく進んだ。首の付け根からちぎれた頭部がころがっている。胴体だけの体も、泥の中に埋れている。それらは、あきらかに先行した負傷兵と看護婦の散乱した死体だった。

真一は、血に染まった泥をふんで行った。先行していれば自分の肉体もこのように四散していたのかという想像が頭の中をかすめ過ぎたが、それ以上の感慨は浮んでこなかった。

与座村落をぬけると、高台に出た。

いつの間にか至近弾の落下音は絶え、艦砲弾が、炎をはためかすような音を立てて頭上を通過し、砲撃はもっぱら与座岳、八重瀬岳の方向に集中されている。南山城趾の泉のほとりで、小休止になった。雨の勢いが弱まり、艦砲弾の通過音が遠のいた。負傷兵も女生徒も、泥の中に仰向けに倒れた。

どれほど経った頃だろうか、いつの間にか眠っていた真一は、

「出発」

という声に体を起した。寝入っている兵を起すと、体をかかえ上げた。

雨はやみ、夜が白々と明けはじめていた。

列が、田の畦道《あぜみち》をつたわって動きはじめた。

ふと真一は、自分の周囲に思いがけない静寂がひろがっているのに気がついた。絶えず鼓膜を震動させていた砲爆弾の炸裂音もなく、気の遠くなるような静けさがあたりを占めている。その中から蛙《かえる》の声が湧いていているのを耳にした。

真一は、足をとめた。蛙の鳴声をきいたのは、遠い昔のことのように感じられる。

鳴声は、一面にひろがる田から潮騒《しおさい》のように夜明けの空気の中をつたわってくる。妹のことが、胸の中によみがえってきた。

真一は、よく妹をつれて田に出掛けると、鉤《かぎ》状になった針で蛙を捕えて歩いた。妹は薄気味悪がって手もふれようとしなかったが、真一は、蛙の皮を巧みにむき、内臓を取りのぞいて火にかざし、ひ弱な妹に腿の部分を無理に食べさせた。

農家に生れた真一にとって、蛙は、生活に密着した親しみのある生き物だった。その蛙が、重なり合うように鳴いているのを耳にすると、生命感が体にひろがってゆくのを感じた。ここには砲爆撃もなく、犬死する危険もないらしい。かれは、今まで身を置いてきた地域とは異った世界があることに、夢でもみているような驚きをおぼえた。

砲爆撃の危険からのがれることはできたが、歩いている者たちの体は、すでに体力の限界を越えていた。女生徒たちは疲れきってしまったらしく、田の畦に仰向けになって寝息をたてている。壕内の灯油の煤《すす》でくすんだ彼女たちの顔はどす黒く、ただ眉毛だけが虱の卵がひしめいているらしく仄白くみえた。

真壁《まかべ》村落に入った頃、列をつくっている者の数は五、六十名ほどになっていた。陸軍病院の負傷兵の後送は、真壁を一応の目的地として定められ、そこから各病院壕別に近くの村落へ散ることになっていた。

真一は、女生徒を引率する男の教師とともに、負傷兵を収容する壕をもとめて村落の中を歩きまわった。村落には、住民たちのつくった小さな人工壕や墓所などがあったが、いずれも南下してきた避難民で充満し、到底負傷兵を収容できるようなものは見当らなかった。が、一時間ほど歩きまわっているうちに、住民の口から村落のはずれに恰好な自然壕があることを耳にした。

真一は教師と、その自然壕に足を向けた。それは、低い丘の傾斜にうがたれた壕で、内部には、二、三十名の兵が側壁にもたれて眠っていた。

壕の奥から、下士官が出てきた。教師は、南風原《はえばる》の病院壕から負傷兵を引率してやってきたことを口にし、短期間だけでよいから同居させてくれるように懇願した。壕の内部はかなり広く、五、六十名の負傷兵を収容するのには充分な余地があるようにみえた。

しかし、下士官の態度は、真一たちの期待を裏切った。

「ばかをぬかすな。きさまらを入れてやる余地などない。おれたちは、ここで敵を迎え撃つのだ。住民たちを追い出して確保した所だ。ほかへ行け。立ち去れ。ここは陣地だ、病院じゃない」

下士官の眼には、冷やかな光が浮んでいた。

真一たちは、追い立てられるように壕からはなれた。

もとの地点にもどると、女生徒たちも負傷兵たちも一人残らず眠っていた。真一と教師は、仕方なくかれらを立ち上らせるとあてもなく歩き出した。

しかし、真一たちは、連絡地であるその村落をはなれることはできなかった。他の病院壕の負傷兵たちも後からやってくるだろうし、指揮者の指示にしたがって落着く先を探さねばならない。

「ここへ入ろう」

教師が、路に面した破壊された民家の前で足をとめた。

負傷兵たちの群は、無言のまま敷居をまたぐと、思い思いに床の上に横たわった。

真一は、仰向けになると天井を見上げた。板の所々に穴があいているのは、機銃弾の貫通した跡にちがいなかった。

この家の者たちは、いったいどこへ行ってしまったのだろう。真一は、家の内部を見まわした。仏壇がころがっている。卓袱台《ちやぶだい》が、部屋の隅に散っている。家財をまとめて立退いた形跡は感じられないところをみると、この家の者たちは集中的な機銃掃射を浴びて死に絶えてしまったのだろうか。周囲には、早くもフイゴのような荒い寝息が起っている。かれらは、泥にまみれたまま床の上に身を寄せ合って横たわっていた。

真一にも、激しい眠気がおそってきた。一家全滅か……、かれは、眼を閉じながらつぶやいた。たちまちかれは、深い眠りの中に落ちこんでいった。


顔の皮膚を焼く強い熱さに、眼をあけた。

まばゆい光が眼の中一杯にひろがり、掌を眼の前にかざした。ようやくその光が、機銃弾であけられた壁の穴から直線的に射られてくる日の光であることに気づいた。かれは、眼をしばたたき半身を起した。眼に、隣室でひとかたまりになって坐っている数人の女生徒の姿が映った。

彼女たちは、顔や髪を洗ったのかさっぱりとした表情をしていて、一人は長い髪を指先でしごき、他の一人は、向うむきに半裸になって下着の虱をとっていた。他の女生徒たちは、どこで手に入れたのか数個のキャベツの葉をはいで、顎をうごかしている。

急に空腹感が、体の中に湧いた。

女生徒の一人の眼が、真一に注がれた。彼女はキャベツの葉を数枚むしると、大儀そうに立ってかれの膝の上に置いた。そして、黙ったまま座にもどると、かれにさりげない視線を向けてきた。その眼には、年長者らしいやわらいだ色が浮んでいた。

真一は、頭を軽くさげると、水気を光らせたキャベツの葉に手をのばした。新鮮な歯ごたえと、思いがけないキャベツの甘さが舌にふれ、咽喉の奥にさわやかに流れこんだ。キャベツの葉からは、露《つゆ》にぬれた畠の匂いと今まで浴びることも少なかった日光の匂いが濃くただよい出ていた。

顔見知りの婦長が、泥だらけになってよろめくように民家の中へ入ってきた。

女生徒たちは、横になっていた者をゆり起すと立ち上り、喜びの声をあげて婦長をとりかこんだ。

「よかった、よかった。無事でよかった」

婦長は、泣いている女生徒たちの肩をたたき、髪を撫でてやっている。

婦長の口から、一人の女生徒の死が告げられた。

「患者がね、水を欲しいというので国吉政子さんが泉に水を汲みにいって、そこで砲弾で戦死したの。許してね、許してね」

婦長のうるみを帯びた声に、泣き声がさらにたかまった。

婦長は、教師に今後の行動予定を指示し、負傷兵を引率してくれるように頼んだ。

真一たちの一団は、真壁の南西にある糸州《いとす》の村落に向かうことになった。

真一たちは、横たわっている負傷兵たちを起し、再び列を組むと民家を出た。

道路には、泥に汚れた住民たちの群がうつろな表情で、路傍に坐りこんだり寝ころがったりしている。他の女学校隊の者たちなのか、負傷兵を抱きかかえ、衛生材料をかついで疲れきったように歩いている者もいた。

しっかりとした足どりで歩いているのは、撤退してきた将兵たちだった。かれらの中には傷ついた者もかなりまじっていたが、弾薬箱を持ったり食糧箱をかついだりして足早に歩いていた。

真一たちは、人のひしめく路上を歩き、やがて畠の一面にひろがる地点に出た。そこに足をふみ入れた真一は、眼前にひろがる光景に思わず眼を見はった。

所々に砲爆撃の穴があいてはいるが、畠の緑は、雨上りの水気をふくんで冴えざえと光っている。首里周辺はもとより後退してくる途中の村落にも、昼夜を分たない砲爆撃で緑の色は絶えていた。樹葉は焼け、畠の作物も雑草も土とともに掘り返されて、眼にできるものは土石をむき出しにした丘陵と泥濘化した土地だけであった。

列の所々から、感嘆の声がもれた。臭気と汚濁にみちた病院壕にとじこめられていたかれらには、みずみずしい緑の色が、今まで眼にしたこともない新鮮さで映じているにちがいなかった。

真一は、澄んだ空気が快く皮膚にふれてくるのを感じながら、負傷兵を抱いて歩きつづけた。キャベツ畠は、丁度《ちょうど》収穫期で豊かな葉を巻き、その上を蜻蛉《とんぼ》が翅《はね》を光らせて流れている。

日が急にかげり、雨が、遠い畠の右手の方から渡ってきた。雨脚が緑の色を白く煙らせながら近づくと、たちまち真一たちは雨しぶきにつつまれた。降雨があれば、敵機もやってはこないだろう。

真一は、のびのびした気分で顔を仰向けた。顔一面に雨脚が冷たくはね、かれは眼を細め、口を大きくあけて歩いた。雨水が歯や舌にふれてくる。かれは、時折たまった雨水を咽喉をうごかして飲んだ。

雨は勢いを弱めるかと思うと、また音を立てて落ちてくる。そのうちに雨脚が急に細まると、雲の切れ間から強い陽光があふれ出た。畠の緑が、まばゆく輝いた。

やがて、糸州の村落が近づいた。真一は、村落のはずれに負傷兵たちをとどまらせると、教師とともに壕を探して歩いた。が、その村落でも後退してきた兵や住民たちで壕が埋められ、ようやく或る民家の裏手に小さな壕をみつけたが、それも負傷者全員を収容できるほどの規模ではなかった。

真一たちは、村落のはずれにもどると、追うようにやってきた婦長に報告した。その結果、真一たちの探しあてた小さな壕は、後続の負傷兵たちの収容にあてられ、真一たちは、さらに数百メートル南方に位置する山城の村落におもむくことになった。

真一たちは、出発した。しかし、山城の村落でも事情は同じであった。ただ、或る壕で陣地を構築中の部隊の指揮官から、北方の波平に未使用の自然壕が残っているという話を耳にした。

すでに日が没していたが、真一たちは一刻も早くその壕を確保する必要があったので、そのまま波平に向かった。

途中、真一は、遠く海鳴の音を耳にした。自分の足下にある土地が、海に囲まれた島であるということを強く感じた。

敵は、島の中央部から小刻みに前進し、真一たちは島の南部へ後退している。しかし、海鳴のきこえる地点は、土地が海水に落ちこむ島の果てでもある。

本土から遠く隔絶された島。そこで敵の攻撃を受けている自分たちには、或る程度の後退は許されても、厳然とした限界がある。

この地域からこれ以上後退することはできないのだ、と真一は自らに言いきかせた。が、恐怖感は湧かず、むしろ徹底的な抵抗をつづけてやるという激しいたかぶりが体の中にひろがった。

海鳴は、風向の具合か、時に近々ときこえてくる。あきらかに断崖にくだけ散る波濤《はとう》の音もかすかにききとることができた。

真一たちは、時折小休止しながらゆっくりと歩いた。珍しく一面の星空で、路の両側には、おびただしい蛍《ほたる》の群が燐光《りんこう》を放ちながら飛び交っていた。

波平の村落に到着したのは夜明け前で、山城の部隊指揮官に教えられた通り、丘陵の中腹にかなり奥行きのある自然壕を発見した。内部には、鍾乳石《しょうにゅうせき》がつららのように垂れ、入口近くには、十数名の子供連れの住民たちがひっそりと身を寄せ合って憩うていた。

休息しながら来たためか、負傷兵たちはそれほど疲れているようにはみえなかった。体力の乏しい者はすでに落伍し、ここまでたどりつくことができたのは、気力も体力も比較的充実した者ばかりであったからなのだろう。

すぐに、女生徒たちの手で繃帯交換がおこなわれた。しかし、傷口には蛆の発生がおびただしく、中には成虫になりかかっている蛆も多く、女生徒たちは、それらをピンセットで手際よくとり除いてやっていた。

自然壕の位置は、病院壕として恵まれた条件をそなえていた。壕内は湧水もなく乾燥していて、すぐ近くに波平玉川という澄んだ泉があり、飲料にも繃帯の洗浄にも不自由しない。

真一は、引率の教師にうながされて泉に下りると、裸身になって冷たい水を浴びた。入浴したのは三月下旬で、それから二カ月間体を洗ったことはない。爪を立てて全身をこすると、皮膚からはてしなく垢《あか》が湧き出た。

真一は、水を浴びながら自分の体を見まわした。体のどの部分をみても、膝頭にかすり傷がある程度で傷らしいものはなにもない。二カ月間、手足がそのまままちぎれずにつながっていることは奇蹟といえるし、それだけ戦闘とは直接的な結びつきがなかったともいえる。

かれは、自分の体に羞恥《しゅうち》をおぼえて周囲の眼をうかがった。泉には、南下してきたらしい住民たちが、真一たちにならって体を洗っている。女も子供も頭まで泥におおわれ、女は、人の眼にはじらいもみせず裸になって水を浴びていた。

正午近くに真一は、教師や女生徒たちと近くの民家に食糧探しに出掛けた。

一軒の民家の土間で、海軍の兵と防衛隊員が出発準備をととのえているのに出遭った。海軍の兵たちは銃を携行していたが、防衛隊員は、竹の先端に槍状の金具をつけた竹槍を持って坐っていた。

教師と指揮者らしい下士官が、言葉をかわした。かれらは陣地確保のため後退してきたが、再び小禄《おろく》地区守備のため北上するのだという。そして、余分の食糧があるからといって乾パンをさし出し、さらに手榴弾五発を渡してくれた。

「おい、お前は、鉄血勤皇隊員か」

下士官が、鋭く光る眼を真一に向けた。

「ハイ、鉄血勤皇隊第一中等学校隊員陸軍二等兵比嘉真一であります」

真一は、姿勢を正して答えた。

下士官は、軽くうなずくとしばらく真一の顔を見据えていたが、やがて眼をそらし、

「出発」

と、張りのある声で部下たちに命じた。

兵たちは下士官の後について、一列になってゆるい坂道を下ってゆく。

真一は、弱々しい眼つきでかれらの姿を見送った。下士官の眼には、あきらかになじるような光がうかんでいた。女生徒たちにまじってただひとり軍装の真一が、

食糧探しなどをしている姿に下士官は不快感をおぼえたにちがいなかった。ただその男が黙っていたのは、自分の体があまりにも小柄なためそれ以上追及することをはばかったのだろう。

真一は、萎縮感におそわれた。負傷者後送という自分の任務は、途中多くの落伍者を生んでしまったことから考えても満足すべきものとは言えないが、ともかくかれらに落着く壕をあたえることができたことは、任務が一応終了したことを意味している。が、それ以後数時間の自分の行動には、兵としての自覚に欠ける点が多かったように思う。前線では同僚たちが死を賭《と》して戦っているというのに、自分は水浴びをし、悠長に食糧探しなどに歩いている。

真一は、あらためて周囲の風景を見まわした。それは戦争の気配がみじんも感じられないのどかな風光で、丘陵も畠も樹林もみずみずしい緑におおわれている。かれは、落着きを失った。眼前にひろがる風景は、余りにも美しく平和すぎる。こんな場所は、自分の身を置くべき所ではなく、一刻も早く戦闘に加わるために第一線へおもむかねばならない。

女生徒たちは、手榴弾を貴重な物でも譲り受けたように、胸にいだいて農道を歩いている。彼女たちは、やがてはこの平穏な土地も戦場と化し、自分たちもいつかは手榴弾を自決用として使用する時がやってくることを感じとっているのだろう。

壕にもどると、真一は、急いで軍装をととのえた。そして、教師に自分の任務も終了したので、直ちに集合地点に向かうことを告げた。

「御苦労さんでした。元気にやって下さい」

教師は、顔をこわばらせて言った。

女生徒の一人が、乾パンを二袋渡してくれた。

「お世話になりました」

真一は、挙手の礼をとり、銃を手にゆるい坂になっている農道を駈け下りて行った。

豪雨の中を真一は、走りつづけた。

同じ任務を課せられて首里を出発した友人三人は、南風原で各病院壕に散り、それ以後の消息はわからない。もしかすると、自分一人だけが所属を失ってしまっているのではないか、という不安が重苦しく胸をしめつけてくる。

道路には、入る壕もないのか住民たちが放心したように往き来している。死んだ子供を抱いて、路傍で寝ころがっている女の姿もしばしば眼にした。

集合地点は島の南端の摩文仁村で、そこには和田中将以下砲兵司令部員が、すでに司令部を後退させているはずであった。

雨勢がおとろえると、再び海鳴の音がきこえてきた。真一は、目的地が近くなったことに気づき一層足を早めたが、丘陵の傾斜をのぼりはじめた時、前方から小柄な兵が小走りにやってくるのを眼にした。

その姿には、見おぼえがあった。声をかけたのは、前方から歩いてくる兵だった。

「比嘉か」

真一は、銃をあげ駈け寄った。それは、南風原で別れた三人の友人の中の金城栄徳であった。

「摩文仁へ行くつもりか。おれたちは、前線配属になったぞ」

金城は、眼を光らせて言った。

真一は、踵《きびす》をかえし金城と並んで歩き出した。

「与那嶺や大嶺はどうしたろう」

真一は、南風原で別れた二人の友人の名を口にした。

「二人ともやられたようだ。途中砲撃がはげしくて、奴らの隊は全滅した。生きているのは、おれとお前だけらしい」

金城は、さりげない口調で言った。

真一は、自分の胸の中に、少しも友人の死を悼む悲しみの感情が湧いてこないのをいぶかしんだ。死はいつの間にか日常的なものになっていて、それについての関心は失われてしまったのだろうか。真一たちは、半ば駈けるように歩きつづけた。

与座の村落が近づくと、砲爆撃の音がきこえてきた。

真一は、砲爆撃の音がなぜかひどくなつかしいものに感じられ、金城と肩を並べて足早にその音の満ちる中へ身を埋れさせていった。

しかし、眼にふれてくる光景は、三日前に負傷兵を後送させて通過した世界とは別で、泥濘の中におびただしい死体がころがっていた。

死体の半ばは、負傷兵と思えるものだったが、住民の死体も眼についた。鍋をにぎったままの手がころがっている。小学生なのだろうか、足の失われた小さな体が仰向けに泥に埋れ、中には、泥の中で身をうごめかせている者もいた。

金城もさすがに声が出ないのか、黙ったまま泥の中を歩いている。北へ進むにつれて、死体の数は増していった。

日没後、真一は、前方の夜空に東西両方向の海上から放たれるすさまじい火箭《かせん》の帯をみた。それは、あきらかに首里市と思われる方向に集中的にそそがれ、少しずつ密度をうすめて真一たちの頭上にひろがってきている。

真一は、遮蔽物《しゃへいぶつ》から遮蔽物へと走りながら体がふるえはじめるのを意識した。第一線には、あのようなすさまじい火箭が集中されているのだろうか。

また雨がはげしくなって、火箭がにじんだ。真一たちは、泥の中を這うようにして進みつづけた。

砲兵中隊のいる津嘉山《つかざん》にたどりついたのは、夜もかなり更《ふ》けてからであった。

陣地は洞穴壕の中に構築されていて、一〇センチ砲が二門壕口からのぞいていた。内部には、砲兵以外に歩兵一個小隊がいて、兵が機敏に土嚢作りをおこなっていた。かれらはすべて半裸で、眼が赤く充血している。兵の半ばは、交代で休息をとっていて、壕内で大きな寝息を立てて眠っていた。

指揮者の太った砲兵中尉に着任報告すると、

「伊藤上等兵の指示にしたがえ」

と簡単に言い、壕口の方へ歩いて行った。

真一たちは、

「伊藤上等兵殿はおられますか」

と、声をかけながら壕の奥の方へ進んだ。

丁度壕の曲り角まできた時、側壁にもたれて眠っていた男が顔を起すと、

「なんだ」

と、言った。

真一たちは、中尉に言われたことを口にした。

「そうか。明日は早朝から任務をあたえるから、今夜は寝とけ。お前たちと同じ学校の奴らが、そこらで寝ているはずだ」

と、不機嫌そうに言うと、再び側壁にもたれて眼を閉じた。

真一たちは、眠っている兵の顔をのぞき込んで歩いた。砲兵司令部で一緒だった同級生二人が、体を寄せ合うようにして眠っているのを見出した。

「おい」

金城が、ゆり起した。

不意に眠りを破られたかれらの顔には、学校に通っていた頃の少年らしいあどけなさが浮んだ。

「ほかの奴らはどうした」

真一がきいた。

友人は、四名の同級生の名を口にし、かれらのうち三名は砲爆撃で死亡、一名は行方不明になったと言った。さらに、首里の砲兵司令部壕は撤退直前に爆破され、他の同級生たちは各部隊に分散し、この陣地に配属になったのはかれら二人だけだという。

「ここの仕事はなんだ」

金城が、兵らしい関心をしめしてたずねた。

「たくさんある。炊飯、水汲み、伝令、その他なんでもだ」

真一たちは、うなずいた。端的に言ってみればそれは雑役に近い仕事だが、砲を撃つ知識もない自分たちには、それ以外に仕事をあたえられることもないのだろう。負傷者運搬の仕事とはちがって、敵が接近すれば兵たちにまじって銃を撃ち手榴弾を投げ、斬込みに参加する機会があたえられるにちがいない。そのことだけでも、満足しなければならないはずだった。

真一は、金城と並んでわずかに残った壕の隅に横たわった。

「この壕が死に場所になりそうだな」

金城の口から、つぶやくような声が洩れた。

真一は、壕の中を見まわした。天井の岩肌に水分がにじみ出ていて、それがローソクのゆらぐ灯に光っている。

「戦闘が激化すると、食糧不足になるだろうな」

真一は、空腹感をおぼえながらつぶやいた。

「そんな心配はない。こうした島での戦闘では、戦死者が出ればそれだけ食糧は余るものなんだ」

金城の、抑揚にとぼしい声が答えた。

真一は、思わず金城の横顔をみつめた。金城は、眼を閉じている。その顔には、兵士らしい表情が浮んでいた。


夜が明け、敵機の爆音が上空できこえるようになった。

敵は、丘陵一帯に有力な守備陣地が構築されているのを察知しているらしく、急降下音と同時に爆弾の炸裂する地響きが絶え間なくつたわってくる。至近弾が炸裂する度に爆風が土煙とともに壕内をつきぬけ、同時に壕外から銃撃の音が鋭い音を立ててつづいていた。

午後、砲爆撃が少し勢いを弱めた頃、金城と二人の同級生が、砲兵大隊に伝令要員として出発した。金城たちは大隊本部に常駐して、丘陵に設けられている各砲兵中隊に命令をもたらす任務についたのだ。

「しっかりやれよ」

真一は、一人取り残される心細さを感じながら金城に声をかけた。しかし、金城は、返事もせず眼を光らせて、二人の友人とともに壕外へ走り出て行った。

その日からはじまった生活は、真一の予想を裏切るものであった。第一に砲兵陣地だというのに、二門の砲は一度も火を吐かない。砲も内部へ引きこまれたまま、砲撃する気配もみせない。

その理由を、やがて真一も知るようになった。もしも砲口をひらけば、上空を舞う敵偵察機に陣地の所在を発見され、こちらから発射した砲弾の数十倍にも及ぶ砲弾が報復のために集中的に叩きこまれるのが常なのだという。それは、砲兵陣地に大きな損失をあたえるだろう。それなら、敵が至近距離に迫った折をねらって、砲撃を開始する方が戦術的に効果があるはずだった。

歩兵も砲兵も、壕内で武器の手入れをしたり仮眠をしているだけで時を過している。かれらの顔には、敵の接近を待ちかまえている緊迫した表情が浮んでいた。

壕内へは、戦況が大隊本部からの伝令によってつたえられてきていた。それによると、数日前には、九州基地から飛来した友軍爆撃機十二機が、大胆にも敵の占領している読谷《よみたん》飛行場に胴体着陸を敢行、搭乗していた特攻隊員が滑走路の敵機に手榴弾を投げ、また燃料集積所二カ所に大火災を発生させ、飛行場に大損害をあたえたという。また敵は、友軍の撤退作戦を察知できず首里包囲作戦を続行、無人の市内に砲爆撃を集中している。つまり友軍の撤退作戦は、成功裡にすすめられ、すでに牛島軍司令官以下軍司令部参謀たちも、五月二十八日夜間、首里市を後に島の最南端摩文仁へ移動を完了したという。

しかし、それにつづいて首里市が敵手に落ち、敵主力が本格的に南方への進攻作戦を開始したという情報も入った。それを裏づけるように、真一の所属する砲兵陣地への砲撃は、地上砲火も加わって一層熾烈なものになった。

六月一日が、明けた。

前夜からの砲撃に加えて敵機による爆撃も開始され、壕内には地響きと土煙をまじえた爆風が絶え間なくふき込んだ。

その日の午後、陣地壕に致命的な打撃があたえられた。真一は、側壁にもたれて銃の手入れをしていたが、突然頭の顱頂部《ろちようぶ》に鉄棒を打ちこまれたような大音響につつまれた。と同時に、異様な爆風の圧力で、体が岩肌にたたきつけられ顚倒した。

真一は、腰部の骨がくだけてしまったような激痛に声も出ず体をのけぞらした。爆風で灯が消えたのか、あたりは闇になっている。

「落盤だ」

という声が遠くでし、やがて闇の中に灯が湧いた。

真一は、呻きながら立ち上ろうと試みた。しかし、腰部に痛みが走って膝が立たない。

壕口に近い方向から、人声がしきりにきこえ、幾つもの灯が集まるのがみえた。不思議とかれの周囲に人の気配はなく、ただ土煙がむせ返るように立ちこめているだけであった。

不意に、恐怖が走った。落盤によってこのまま生き埋めにされてしまうのだろうか。人声がするのは、壕から脱出しようと試みているのかも知れない。

真一は、側壁に手をかけ激痛に堪えながら立ち上り、足をひきずりながら灯の集まっている方向に近づいた。

思いがけない光景がひろがっていた。壕の坑道が落盤し、上方に大きな穴がひらいてしまっている。穴から外の明るさが坑道の内部に流れこんでいた。

兵たちは、堆くもり上った岩や土を必死になって円匙《えんぴ》で取り除いていたが、その中央に一人の兵が血に染まった上半身をむき出しにして呻き声をあげている。兵の体は、八方から土石でかたくしめつけられ、数人がかりで体を引き上げようとするが、兵はただ呻き声をあげるだけで動かない。

ようやく鶴嘴《つるはし》で土石を除去することができたが、兵の下半身の骨は所々皮膚から突き出ていて、片方の足首も逆方向にねじれてしまっていた。

兵の体が壕の奥に運ばれると、落盤した土石の除去があわただしくおこなわれた。鶴嘴の一つが柔いものを突き刺した。円匙で土石をとり除くと、その下から全身に土や石を食いこませた下士官の潰《つぶ》れた体が現われてきた。

落盤した穴から、白いものが流れこんでいた。雨はやみ、外は濃霧が立ちこめている。

土石の除去は終了したが、兵たちの表情は暗かった。上方に穴のあいた壕は、壕としての価値を失っている。穴は、敵機の恰好な攻撃目標となるだろうし、接近した敵の馬乗り攻撃にあえば、たちまち火焔を吹きこまれ爆薬を投げこまれてしまう。

中尉を中心に、下士官たちは困惑した表情でなにか話し合いながら、時折不安そうな眼をして霧の流れこんでくる穴を見上げていた。

突然、壕口の方から思いがけない叫び声がきこえた。

「敵戦車、敵戦車」

それにつづいて、

「敵戦車四輛。一〇〇メートル前方、接近中」

兵たちの体が硬直したように動かなくなった。中尉や下士官が、壕口に向かって駈けた。

真一は、その場に立ちすくんだ。

壕口方向から、あわただしい人声が交叉してつたわってくる。そのうちに、

「零距離、榴弾瞬発信管、目標敵戦車——。連続に各個に撃て」

という中尉の声がしたと同時に、すさまじい発射音が壕内にとどろき、硝煙の濃い煙が生温い風となってふきつけてきた。

砲の発射音は絶え間なく壕内に反響し、真一は、半腰になって壕口の方を見つめていた。

「命中。敵戦車一輛炎上」

落着いた声が、発射音の間隔を縫ってきこえてきた。

「やった、やった」

周囲の兵たちは、うわずった声をあげた。

胸に、熱いものがこみ上げた。

しかし、砲の発射音にまじって、壕外には砲弾の炸裂音が起りはじめ、敵機の鋭い急降下音もきこえ、あたりは轟音と閃光につつまれた。

「歩兵小隊は、壕奥に待避」

灯の消えた闇の中で、引きつれた声がきこえた。

真一は、手さぐりで坑道を這った。土砂が爆風とともに後方からとんでくる。かれは、今にも天井の岩や土が、自分の体に落下するような不安におそわれた。

やがて壕の行き止りに達したのか、周囲は人の体でひしめき合っていた。

「灯をともせ」

「マッチはどこだ」

淡い光が闇の中にひろがり、兵たちのこわばった顔が浮び上った。

「いいか、よくきけ。敵は、一〇〇メートル前方にある。本隊は、あくまで本陣地を死守して戦う。目標がさらに接近した場合は、壕外に出て各分隊ごとに体当り攻撃を敢行する。各分隊長は、兵を集めて待機。また各分隊から伝令一名を出し、壕口にもどって敵状を逐次報告せよ」

真一は、胸の動悸が高まるのを感じた。自分は砲兵中隊の所属だが、砲兵としての技術的知識もないし、当然歩兵と行をともにすることができるはずだ。

それにしても、長い間念じつづけてきた斬込みということが、現実には無造作に命令され実行されることが意外に思えた。

体当り攻撃、斬込みということは、すでに戦場では日常化した変哲もない行為に化しているのだろうか。

やがて、初めに出発した伝令が、闇の中を這いながらもどってきた。

「壕口が落盤して砲が埋まり、目下、懸命に掘り起し作業中であります」

「敵の動向はわからんのか」

「壕口がつぶれ、全く不明であります」

平静さを保っていた兵たちは、たがいに視線を交し合った。それらの眼には、露骨に不安そうな光が浮び出ていた。

もしかすると、敵戦車群は、すでに壕の外にまで進んできているのだろうか。その後につづく敵兵は、壕への馬乗り態勢をかため、火焔を放射し爆薬を投入しようと企てているのかも知れない。

兵たちは、誰も声を発しない。かれらは、戦車のキャタピラの音や、壕の真上に鑿岩機《さくがんき》の音がしないかと耳を澄していた。

二人目の伝令が、闇の中をもどってきた。

「壕口の土があきました。敵の動きを報告いたします。敵戦車は、友軍の砲撃により炎上一、擱坐《かくざ》一、他は反転して丘陵のかげに退却しました」

兵たちは、表情を明るくし、

「やった、やった」

と、肩をたたき合った。

つづいて三人目の伝令がもどってきて、敵の砲爆撃がまだ執拗《しつよう》につづけられているので、歩兵小隊はこのまま壕奥で待機するように、という砲兵中隊長の言葉をつたえた。

やがて壕をふるわせていた砲爆撃の音も数少なくなり、しばらくすると遠雷のようにかすかな轟きとなってきこえてくるだけになった。

「旧位置にもどれ」

小隊長の声がした。

真一たちは、灯を手に壕内の倒れた灯芯に点火しながら進んだ。

落盤でひらいた穴は、さらに大きくひろがり、土や石が坑道をとざしていた。兵たちは、円匙で土石をすくった。いつの間にか霧はうすらぎ、雨気をはらんだ空が穴の上方にひろがっていた。

土石の除去が終ると、真一たちは、壕口に向かって進んだ。

壕口附近には七名の戦死者とそれに倍する負傷者が横たわっていた。壕口の真上と壕の右前方に爆弾が落下、その爆風と落盤による土石の崩落で、壕口附近の兵が倒されたのだ。が、砲は、土石に埋れただけで、奇蹟的にも破壊はまぬかれていた。その夜、再び降り出した雨の中で、壕内の落盤で圧死したものをふくめた九個の遺体が、壕外に埋められた。と言っても、大きな穴の中に折り重なるように投げこまれただけであった。

翌朝、敵は国場《こくば》村落に進出、また半ばは小禄の海軍地上陣地に攻撃目標を集中しているという戦況がもたらされた。

いよいよ敵の主力が前面に殺到することはあきらかになった。

正午近く、火焔放射器を放ちながら、四〇〇メートル程へだたった丘陵の傾斜を、横に移動する戦車数輌の姿が認められた。が、陣地の砲は、沈黙を守っていた。

砲兵も歩兵の士気も、きわめてさかんのようにみえた。かれらの眼は光り、たがいに交す声にも張りが感じられた。

しかし、夕刻、思いもかけぬ命令が、砲兵中隊にもたらされた。中隊は、今夜与座岳に転進、指定の壕内に砲兵陣地を構築せよ、というのである。

中隊長をはじめ、砲兵中隊に属している兵たちは顔色を変えた。現在位置に構築された陣地は、前方から接近してくる敵目標を砲撃するのに恰好な位置にある。壕の一部は落盤による損害を受けてはいるが、依然として壕は砲兵陣地壕としてきわめて有効であり、それを放棄して後退する理由が理解できなかった。

中隊長は、下士官二名を連れて大隊本部に抗議のため壕外へ走り出て行った。

かれらがもどってきたのは、日が没してからであった。中隊長は、沈鬱《ちんうつ》な表情をして兵たちを集合させた。

「わが中隊は、現在位置に於て最後の一発まで砲撃をつづけ、砲弾がつきた折には、砲も壕も爆破して斬込みを敢行する覚悟であった。しかし、軍司令部命令によって、作戦上与座岳に転進、新陣地を構築することになった。まことに忍びがたいが、作戦上のこととあらばいたし方ない。出発は、午後十時、人力をもって急ぎ転進する。以上」

中隊長は、言葉をきると、書類の置かれている壕の隅に歩いて行った。

真一は、気ぬけした思いで立っていた。ようやくつかんだと思えた戦闘の機会は去って、またあの泥濘の中を後退してゆかねばならない。自分の願う死は、永久に訪れることはないのだろうか。

壕内では、あわただしく転進準備がはじめられている。馬は一頭残らず死んでいたので、砲も弾薬類も人力で運搬しなければならない。

歩兵小隊の者たちは、真一たちの動きを無言でながめていた。

かれらには、その夜、前方の丘陵裏側にひそむ敵陣地に爆雷攻撃をかける斬込み命令が出されていた。かれらは、特別支給された煙草をくゆらし、中には横になって寝息を立てている者もあった。

十時が迫った。

歩兵小隊の中年の上等兵が、後退準備を終えた真一たちに、

「あんたたちの所にまで敵のやつらはやらないよ。おれたちでガッチリ食いとめてみせるさ」

と、薄笑いしながら言った。

砲兵たちは、黙っていた。

「出発」

分隊長の声がひびいた。

綱のつけられた砲が二門曳き出され、その後から弾薬車がつづき、真一たちは、弾体を一個ずつかつぎ上げた。

砲の車輪も弾薬車の車輪も、泥の中にめりこんだ。

砲を先頭に、砲兵たちは丘陵の傾斜を下りはじめた。

四

二門の砲は、五〇メートルほどの間隔を保って曳かれてゆく。兵たちは、泥に埋れた車輪を手で廻しつづけた。

路上の死体は泥の中でこねられ、避けて通ることのできない程のおびただしさで横たわっていた。

砲も弾薬車も、その上を進んでゆく。車輪の埋没をおそれる兵たちは、むしろ、その上をえらんで砲を進ませているようにさえみえた。

真一は、さすがに路上の死体をふむことは避けようとしたが、それでも泥との識別もなくなった死体を何度もふみつけた。稀《まれ》に妙な硬さをもったものもあったが、ほとんどが奇妙な柔さと弾力性に満ちていた。

もしかするとこれは退却というものではないだろうか、という思いがかすめ過ぎた。与座への転進を命じられた折、砲兵中隊長以下多くの兵が顔色を変えたのも、転進が退却と同義語であることを無意識ではあるが気づいていたからではあるまいか。友軍の兵力が急激に弱体化したことは、路上につらなる死体や病院壕にひしめいていた重傷者の群を考えただけでも、容易に察しがつく。この砲兵中隊でも、四門の砲のうち首里戦線で二門が失われ、兵員の数も半数近くに減っているという事実から推測しても、友軍の戦力は、半減してしまっているのかも知れない。

真一は、頭をふった。砲を曳き弾体をかつぐ兵たちに惨めな退却の気配はなく、かれらから感じとられるのは、圧倒されるような戦意だけである。入隊して間もない自分には、そんな臆測をする資格はないし、戦争というものは、このような状態が常のものであるのかも知れない、と思った。軍司令部の参謀たちは、それぞれに大陸や南方で多くの作戦を指導し勇名をはせた戦術家たちばかりだという。首里を放棄したのも島の南部に後退したのも、勝利を期しての作戦にちがいない。

前方に、山川の三叉路が見えてきた。照明弾がゆるやかに降下し、砲弾の通過音が頭上をかすめ、炸裂音が遠く右手の方からきこえてくる。弾体は肩の骨に食いこみ、かれは、息をあえがせながら歩きつづけた。

三叉路を通り過ぎた頃、前を歩いて行く兵の列に不自然な動きがみられた。かれらは、なにかを避けるように道の片側に身を寄せている。真一は、前方の路上に異様なものを眼にした。砲の通りすぎた深い轍《わだち》の傍に、泥におおわれたものが突き立っている。

体に、戦慄が走った。それは、子供の遺体で、坐っているような姿勢をとったまま倒れない。おそらく砲の車輪が進んだ折、その圧力で泥の中からむっくりと起き上ったものにちがいなかった。

真一は、視線をそらせて傍を通りすぎた。自分が死なないでいるからこの子供が死んでしまったのだ、という思いが胸の中に湧いた。考えてみれば、自分はただ戦場の後方を走りまわっていただけで、兵士らしいことはなに一つとしてしていない。かれは、子供の遺体を背後に強く意識した。その存在が、自分の腑甲斐《ふがい》なさをなじっているように思えてならなかった。

弾体の重さが上半身を麻痺させ、兵からおくれがちになった。いつの間にか列の最後尾に落ち、小走りに足を動かしていった。

上空に爆音が近づいてきた。それは、転進作戦がはじまった頃から夜間にも姿をみせるようになった敵の偵察機だった。

かれは、機の動きを見上げた。機が急降下し、頭上を低空でかすめすぎた。

「待避」

という声がかかり、真一は、他の兵たちと畠の中に足をふみ入れた。夜空に照明弾のまばゆい光がひろがり、あたりは白昼のような明るさになった。

「くるぞ」

畠の中を駈けてゆく兵が、叫んだ。

と同時に、砂礫のぶちまけられるような落下音が頭上にのしかかり、周囲の泥が波立つ海面のようにゆれ、真一の体は泥の中にたたきつけられていた。

かれの眼に、前方の路上方向で朱色の光がひろがるのがみえ、鼓膜に強い圧力が加わった。ねらわれているのは、先行した砲にちがいなかった。

立ち上りかけた真一は、再び為体の知れぬ轟音がすさまじい速さで頭上からのしかかり、体を包みこんでくるのを感じた。音は、果しない大きさと拡がりを伴って突っ伏したかれの体を圧したが、不意にうつろな静寂が訪れた。その直後、眼の中一杯に、青白い大きな光の環がゆっくりと拡大してゆくのを感じた。至近弾だ、と、青白い光にみちた世界の中で思った。光は、錫《すず》のなめらかな肌から発するまばゆさに酷似し、無数の錫のかけらとなってあたりにひろがるかと思うと、急に一点に凝集したりした。そのうちに、自分の体が錫の渦の中にまきこまれて、それらと同じ凝集と拡散をくり返しはじめているのに気がついた。死ぬのだろうか、という意識が、一瞬頭の中にひらめいた。

かれの眼は、錫のかけらの群が凝集する時、渦の中心部に黒々とした穴が深々とひらいているのを見ていた。その穴の中に吸いこまれてしまえば、確実に死の闇が訪れることを感じていた。かれは、錫の海の外にのがれ出ようと手足を動かしつづけたが、体は、異常な力で凝集点に回転しながら吸い寄せられてゆく。

ようやく錫の動きが緩慢になった。かれは、必死に渦の外へ逃れ出ようともがき、体が遠心力の作用を受けたように、錫の群の中から外部に向かって勢いよくはじき出され、周囲からも錫のきらめきが薄れてゆくのを感じた。

真一は、眼をあけた。夜空の右方に、照明弾が遠く流れているのがみえる。

頭をもたげ、泥に埋れた自分の体を探ってみた。掌にはたしかな感触があり、体のどこからも出血の気配はない。

「おーい」

という声がきこえた。

かれは、周囲を見まわした。方向感覚が失われていたが、夜空をかすめすぎる艦砲弾の火箭の流れで、その声が、海方向の畠の中からきこえていることに気がついた。

真一は、立ち上ると、畠の中を歩いていった。

「きさま、だれだ」

泥の中から、人影が立ち上った。鼓膜がしびれているのか、遠い声のようにきこえる。

「はい、比嘉二等兵であります」

真一は、答えたが、その声は、涎の流れるように語尾がひどく不鮮明だった。

「手伝え」

男は、またかがみこんだ。

近づくと、そこには砲弾の落下した跡らしい大きな穴がひらいていて、その底に二人の男の体がうごめいていた。一人は傷を負っているらしく、他の一人が抱いて穴の傾斜を引き上げている。

真一は、穴のふちにかがみこむと手を伸し、傷ついた男の腕をつかんだ。

泥の上にひき上げられた男のズボンは引きちぎれ、足首の失われた部分から血が流れ出ていた。

男が、下着を裂くと足の付け根を緊縛した。負傷した男は、呻き声をあげていなかった。

真一は、その男が宮川という若い少尉であることに気がついた。

「砲はどうした」

少尉は、泥に汚れた顔を道路の方向に向けた。

「二門ともやられたようです」

男の気落ちした声に、少尉は口をつぐんだが、すぐに思い出したように、

「中隊長殿は」

と、男の顔を見つめた。

「わかりません。どこかにおられると思いますが……」

男も、路上の方向をうかがった。

少尉は、二人の兵にかかえ上げられた。兵たちは路上に出ると、「おーい、おーい」

と声をあげ、周囲に視線を走らせていた。

路傍に二人の兵が寄り添うように坐り、畠の中を這ってくる者もいる。いつの間にか、真一たちの周囲には十名近い兵と傷を負った七名の兵が集まっていた。

「中隊長殿は」

再び少尉が、言った。

傷を負わない者たちが、四方に散った。

艦砲弾は前方の丘陵にそそがれ、炸裂する閃光で時折、稜線が明るく浮び上る。真一は、泥の中を声をあげながら歩きまわった。

三十分程した頃、

「集合」

という声が、路の方向からきこえてきた。

真一は、泥の中を引き返した。負傷兵の数は三名ふえ、その一人は、両足と片手が失われて苦しそうな呻き声をあげていた。

「中隊長殿も山口少尉殿も、戦死をとげられたものと思われる。捜索は、残念ながらこれをもって打ち切る。本隊は、負傷者を伴ってただちに出発する。出発——」

男が、言った。

真一は、血で染まった負傷者の腕をつかんだ。しかし、その腕の骨は砕けているらしく、兵の口から激しい呻き声がふき出た。かれは、うろたえて反対側にまわると、腰に手をまわした。

「おれは歩ける。ほかの奴に手をかしてやってくれ」

兵が、かすれた声で言った。

真一は、片足を負傷した兵の腋の下に肩をさし入れた。

また細かい雨が、降り出した。数十名いた兵たちは、いったいどこに消えてしまったのだろう。かれは、歩き出しながらうつろな視線を周囲に走らせていた。


夜明け近く、真一たちは、八重瀬岳の中腹にある病院壕にたどりついた。途中、手足の失われた兵をふくめて三名の負傷者が死亡し、真一たちは、その都度砲弾であけられた穴に、遺体を落しこむと、申訳程度に泥をかぶせた。

壕内は重傷者で充満し、空きベッドは一つもなかった。

真一たちは、壕内に入りこむと、壕のすみの土の上に少尉をはじめ六名の負傷者たちを坐らせた。死者が日に何人かは必ず出るはずだし、その折に無人になったベッドを優先的に確保しようと考えたのだ。

いつの間にか指揮者となっていた男は、階級章が泥にまみれていたが、岡島という伍長だった。

真一たちは、岡島を中心に集まった。傷を負わなかったのは、岡島をふくめて十一名だけであった。

岡島は、言った。

「申訳ないことではあるが陛下からおあずかりした大切な砲を失い、兵員もこれだけになったので、砲兵としての任務を遂行することは事実上不可能になった。大隊本部の指示を仰ぐつもりだが、それまでは当陣地壕の歩兵中隊と行を共にし、場合によっては白兵戦に参加する。その折は、砲兵中隊の名を辱しめぬよう奮戦するように。命令があるまで、当陣地内に待機」

岡島は、兵二人を指名して、中隊の損失状況の報告と今後の行動についての指示を仰ぐため大隊本部に出発させた。

真一たちは、病院壕と連結している陣地壕の一角に寄り集まって休息をとった。

「おれは、運がいいんだ」

星二つの男が、言った。

「おれは、何度も死にかけるような目に遭ったが、かすり傷さえ負わねえ。死ぬのは、いつも戦友ばかりだ。でも、今度はだめだろうな。砲兵のおれから砲がなくなったんだから、ツキが落ちたようなもんだ。でも、この病院壕をみてみろ。人間の息をするような場所じゃねえや。どうせ死ぬなら、パッと死にてえな。蛆の餌食《えじき》になってまで生きていたくはねえよ」

男は、顔をしかめて唾《つば》を吐いた。

かれの話をきいている者はいなかった。兵たちは、壕の壁にもたれて眼をとじている。泥のこびりついた顔には、深い疲労の色がにじみ出ていた。

真一も、銃をかかえて眼を閉じたが、自分の足に重いものがまとわりついているような感覚におそわれ、ぎくりとして眼を開けた。

いまわしい記憶が、蘇《よみがえ》った。どこらあたりだっただろうか。その夜、後退途中で浅い川を渡った真一は、水面に兵や住民の死体が、足の踏み入れる場もない程浮んでいるのを眼にした。水を求めて小川に近づき、力つきて絶命してしまったものにちがいなかったが、鍋を背にくくりつけた老人や、少女の仰向いた体もまじっていた。

自分の足になにかがからみついたのは、渡りはじめてから間もなくだった。かれは、身をかたくして足もとを見下した。二つの眼が、すがりつくように光っている。死体の中に、まだ生きている兵の体がまじっていた。

「連れて行ってください」

兵の口が、動いた。妙に青白い目鼻立ちの整った若い兵だった。

真一は足をふりはらおうとしたが、腕はかたくからみついてはなれない。

「すぐ後方から衛生兵が何人もきます。それに手当をしてもらいなさい」

真一の口から、そんな言葉がなめらかに流れ出た。

兵の眼に、疑わしそうな光が浮んだ。

「本当ですか」

細い声がもれた。

「本当です。もうそこらまで来ているはずです」

真一は振返り、明るんだ路の方をうかがうような仕種をした。それでようやく兵は納得したのか、足から手を放すと、そのまま流れの中に突っ伏した。

なぜ自分はあのような尤もらしい嘘《うそ》を口にできたのだろう。あの兵は、かすみかける意識の中で自分の口にした衛生兵の姿を待ちつづけ、やがて息絶えて、死体の群にとけこんで行ってしまったにちがいない。

真一は、自分の内部に或る変化が起りはじめているのを意識した。これまで自分には、人の生死にかかわるような罪深い嘘を口にすることはできなかったはずだ。しかし、兵に向けられた言葉は、少しのためらいもなくなめらかに流れ出た。

戦場で過した日々が、そんな変化を自分にあたえてしまったのだろうか。かれは、すがりつくような眼で見上げていた兵の記憶をふりはらうように頭をふり、再び眼を閉じると、岩肌に背をもたせた。

壕内のあわただしい空気は、真一たちに充分な睡眠をとらせてはくれなかった。前線から後退してくる兵たちが、続々と壕内に入りこんできては、緊迫した戦況を伝えてゆく。それによると、敵主力の進度は意外に早く、北方三キロ、東方二キロの弧状の線に進出してきていて、さらに包囲網はせばまっているらしかった。

「大隊本部に行った連中は、どうしやがったんだろう」

兵の一人が、落着かぬようにつぶやいた。

戦況から推測すれば、砲兵大隊本部の設けられていた津嘉山は敵手に落ち、大隊も後退したかそれとも潰滅《かいめつ》させられてしまったかいずれかにちがいなかった。そして、津嘉山に向かった兵二人も、途中で進撃してくる敵に遭遇しているはずであった。

「おれたちは、宿なしになったらしいぜ」

兵の一人が、自棄《やけ》気味な口調で言った。

兵たちは、不安そうな視線を交し合っていた。

日が没すると、後退してくる兵の数が増し、壕内は兵の体で充満した。かれらから得た情報によると、敵はさらに北方、東方とも一キロ近い線にまで進出してきているようだった。

翌朝、眼をさました真一たちは、携行していた乾パンを分配して食べた。

真一は、渇きをおぼえ壕内を水を求めて探しまわった。ようやく病院壕の奥に水桶を見出したが、桶を這い上った蛆が水の表面をすき間なくおおい、さすがに飲む気にはなれなかった。

「おい」

声をかけられて振向くと、岩に背をもたせて坐っている星一つの襟章をつけた兵が、真一の顔を見つめていた。

「きさま、鉄血勤皇隊員だろ」

「はい、第一中等学校隊です」

真一は、若い兵に近づいた。

「そうか。おれは師範学校本科だ」

兵は、落着いた口調で言った。

真一は、頬をゆるめ兵の傍にしゃがみ込んだ。

師範生は、真一よりも年齢が三つか四つ上らしく、顔つきも一般の兵と変らぬ大人びた表情をしていて、口のまわりにはまばらな髭が伸びていた。

「一中の者は、ほかにもいるのか」

「いいえ。一緒にいた連中は、戦死したりバラバラになったりして、今は一人です」

「そうか、おれも一人だ。これからが決戦だ。おれは二回斬込みをやった。銃剣で敵も刺殺した。体を大切にして、最後の時にそなえろ」

師範生は、無表情な顔つきで言った。

「はい」

真一は、うなずいた。

師範生は、それきり口をつぐむと眼を閉じた。真一は、男の顔に視線をすえた。その表情には、どのようなことにも動じそうにない落着きが感じられ、老練な兵にみられる或る種の怠惰な色さえうかんでいる。それは激しい戦闘を数多く経験した末に身にそなわったものだろうが、同じ学徒兵でそのような雰囲気をもつようになっている師範生に、強い羨望を感じた。

真一は、立ち上った。なんとなく自分の内部にも、自信めいたものが湧いてくるのを感じていた。

正午すぎに病院壕の解散命令が発せられたことが伝えられてきた。

真一は、南風原病院壕の解散時の状態を岡島伍長に耳打ちした。岡島も、その命令がどのような意味をもつのか薄々承知していたらしく、真一たち三名の兵を連れて病院壕の奥に入って行った。

少尉は、最下段のベッドに仰向けに寝かされていた。

岡島は、ベッドの傍にしゃがみ込むと、少尉の耳に口を近づけなにかささやいた。少尉が、首をふった。岡島が、またなにか言う。が、少尉は、やわらいだ表情で首をふりつづけている。

岡島は、困惑したように真一たちを振返り、急に意を決したように少尉の体の下に手を入れて抱え上げようとした。

「よせ」

少尉の口から、はじめて低く押し殺したような声がもれ、あっちへ行け、行けというように手を動かした。

岡島は、体をかたくして立っていたが、やがて眼を閉じている少尉に挙手すると、通路を壕口の方へ歩き出した。

病院壕をぬけ出ると、岡島は、真一たちを振返った。眼にうつろな光が浮んでいた。

傍では、将校が、女生徒たちに低い声で訓示していた。

「お前らは、実によくやってくれた。まことに御苦労であった。やむを得ざる事情で当病院は解散するが、残念ながらお前たちを一緒に収容できる壕は、すでにこの附近にはない。這って出られるものもふくめて、われわれは全員敵に突入するが、お前たちは、各自、本日からは従軍看護婦としてではなく、民間人として自由行動をとるように……」

彼女たちは、汚れきった顔を伏して肩をはげしく波打たせて泣いていた。

日が、没した。

病院壕から、女生徒たちが二、三名ずつ寄りかたまって出てくるようになった。彼女たちには、わずかな食糧が支給されただけで、集合する場所も特に指示されてはいないようだった。

重傷者の始末は、青酸カリ溶液の注射によっておこなわれることがひそかに伝わっていた。岡島伍長は、沈鬱な表情をしていたが、諦めきれぬように再び病院壕の中へ入りこんで行った。

「岡島って、まだ一人前じゃねえな。負傷した奴らを連れていったりしたら、こっちがお陀仏だ」

中年の上等兵が、腹立たしげにつぶやいた。

やがて、岡島がもどってきた。かれは、一人だった。

「本隊は、これより移動して与座岳の陣地壕に向かう」

岡島は、不自然なほど甲高い声で言った。

ただちに点呼をとると、出発した。与座岳は八重瀬岳と並んでいる丘だが、真一たちは砲火を避けるため八重瀬岳の後方を遠く迂回《うかい》し、身を伏せながら進んだ。目的の壕は、与座岳の頂きに近い所に位置していた。

その壕は、入口から石段状の急傾斜になっていて、壕の底におりると三〇メートル程の平たい坑道がつづいている。その隆起珊瑚礁質の岩で形成された自然壕は、恰好な陣地壕としての条件を備えていた。壕口はせまく、内部は広い。しかも壕口の外は、丘陵のゆるやかな下り斜面がひろがっていて、登ってくる敵を銃撃するのにはきわめて恵まれた位置にあった。

壕内には、すでに二十名ほどの兵が屯《たむろ》し、壕口左側に設けられた銃眼には、軽機関銃二挺が据えられていた。

「ここなら何カ月も頑張れるぞ」

岡島は、満足そうに壕内を見まわしていた。

三日間がすぎた。

その間、夜になるとどこからともなく兵が数名ずつ壕内に入ってきて、いつの間にか人員は五十名ほどにふくれ上り、その中にまじっていた工兵大隊に所属していたという若い中尉が、自然に指揮をとることになった。

壕は絶えず砲爆撃の衝撃で震動していたが、落盤はむろんのこと土や岩石の崩落もなかった。

真一たちは、壕内でなすこともなく過していた。思いがけなく平穏な日々であった。軽傷を負ったものはいたが、ほとんどが健全な兵ばかりで、常に真一の周囲に漂っていた死臭や鼻粘膜にこびりつく膿汁の匂いもそこにはなかった。

真一は、無聊《ぶりよう》をまぎらすために兵たちと虱とりに専念した。いつの間にかかれは、自分の体に寄生している虱という生き物にかすかな親しみに近いものを感じるようになっていた。虱が這いまわり産卵をつづけていることは、自分の肉体が生きている証である。それに、壕内で無心に時間をすごさせてくれる虱の存在に、好ましいものも感じていた。

しかし、虱とりをつづける兵の顔には、緊張した表情がうかんでいた。敵の包囲網は、日に日にせばまってきているし、敵は確実にやってくる。

待っていた刻は、翌朝十時頃に訪れた。

突然、壕口で見張りをつづけていた兵が、

「敵だ、戦車だ」

と、叫んだ。

兵は、銃を手に立ち上った。中尉や岡島たちが、石の傾斜を這い上って壕口にとりついた。

真一は、動悸が音高く鳴るのを意識した。敵が遂に間近にやってきた。この壕を目標に進んでくるのか、それとも他方向へ逸《そ》れてゆくのか、いずれにしても敵の最先端が接触してきたことに変りはない。

兵たちは、素早く小銃に弾丸を装塡《そうてん》し、膝をついて無言のまま壕口の方を見上げている。壕口左側の銃眼には、二名の軽機関銃手と三名の兵が小銃を手に射撃姿勢をとっている。深い沈黙がひろがり、砲爆撃の音がいつの間にか遠のいていた。

身じろぎもしなかった岡島の顔がふりむくと、黙っていろというように口に指が当てられ、指が四本あげられた。その合図は、戦車が四輛接近中であることを示していた。

どのような戦闘方法がとられるのだろう、と真一は思った。全員壕外に出て、肉弾攻撃をおこなうのだろうか。爆雷は壕内に五個しかないが、それらを使うのは老練な兵たちにかぎられるのだろう。

不意に、壕外で砲の発射音と銃撃の音が起った。散在する友軍の陣地壕からの迎撃が開始されたらしい。

しかし、それは僅《わず》かな間のことで、たちまちそれらの音は、敵機の急降下音と爆弾の炸裂音でかき消された。

中尉が、石をふんで斜面を下ってきた。

「二〇〇メートル前方を戦車が四輛、その後から三十名近い敵兵がやってくる。友軍の砲撃で一輛は擱坐したが、あとの三輛はこちらへ向かっている。充分引きつけてから攻撃するから、爆雷を背負う者は背負え」

中尉は、徐《おもむ》ろに拳銃に弾丸をつめた。

真一は、中尉の平静な態度に驚いていた。顔に緊張感はあらわれていない。長い間戦闘をくり返してきた中尉には、死へのおそれも戦闘に対する感情のたかぶりも欠落してしまっているのだろうか。

中尉は、再び傾斜の石をふみながら壕口に上って行った。

友軍の砲兵陣地は爆撃で破壊されたのか、砲撃音は絶え、壕外からは敵機の鋭い降下音と銃撃の音がきこえるだけになった。

真一は、兵たちと息を殺して壕口を見上げていた。

「きこえる」

低い声が、もれた。

真一は、身をかたくして耳をすました。飛行機の降下音の間隙から、妙に乾いた音がきこえてくる。それがなんであるのか初めのうちは理解できなかったが、接近してくるキャタピラの音であることに気づいた。それは、ひとときやむかと思うとまたきこえ、次第に重々しい鋼鉄のきしむ音に変っていった。

真一には、それが自分たちを殺戮《さつりく》する強大な武器の発する音とは思えなかった。なにか風車の鳴るような、ひどく悠長な音にきこえる。が、かれの膝頭は、はげしくふるえはじめていた。

壕外の右手の方から、友軍陣地からのものらしい散発的な銃声が起った。徐々に重々しさを増していたキャタピラの音がやんだ。と同時に、銃声の起った方向で、乾いた炸裂音がとどろいた。

中尉の片手があげられていた。それが勢いよくふり下された瞬間、壕内にはげしい銃声音が反響し、硝煙の匂いが流れた。銃眼に据えられた二挺の軽機関銃が連続的に弾丸を発射し、その傍にひかえていた兵が小銃を撃ちはじめた。

真一にとって、兵が実戦で射撃するのを眼にしたのははじめてのことであった。銃眼から撃ちつづける機銃の音も小銃の音も、血なまぐさい戦闘の凄惨さとは程遠い、秩序立ったリズムが感じられる。射手の姿勢は正しい形を保ち、引金をひく後姿には、羨しいほどの老練さが漂い出ていた。

戦車砲がこちらに向けられたのか、岩の砕け散る音が壕外でした。その音が徐々に接近してくると、やがて壕口から土煙が爆風とともに吹きこんできた。その音も壕口でつづいていた射撃音がやんだが、すぐに軽機の発射音につづいて小銃の音も再び起った。土煙の中から、射撃姿勢をくずさず引金をひく兵の後姿が浮び上った。

壕外では、飛行機の急降下音につづいて鋭い銃撃音がしていたが、兵たちは、平静な後姿をみせて射撃をつづけている。この壕は、壕口も深くくぼみ、上空からも前方からも攻撃しがたい天与の要害なのだ、と真一は思った。

しかし、その期待は、破られた。

真一は、まばゆい閃光が眼の中を貫くのを意識すると同時に、岩の破片が早い速度で飛んでくるのを感じた。かれは、兵たちと体をぶつけ合い、仰向けに倒れた。

轟音と土煙が体をつつみ、薄れた意識の中で、足もとに妙に水っぽい音を立てなにかが叩きつけられるのを感じた。真一は、焦点の定まらない眼でそれをながめた。どこの部分か定かではなかったが、ひきむしられた薄桃色の肉塊だった。

「直撃だ」

叫び声が、近くでした。

真一は、壕口を見上げた。直撃をうけたのは、壕口の左方にある銃眼で、その部分に大きな岩石が崩落している。

突然一人の兵が、真一の傍を走りぬけて岩の傾斜を壕口に駈けのぼり、数名の兵がその後からつづいてゆく。

真一もそれにつられて走り出したが、すでに兵の体がひしめき合っていて、傾斜に足をかけることすらできなかった。

卑屈な感情が湧いた。自分の立っていた位置は、真先に傾斜を駈けのぼることのできる最適の場所であったのに、自分の体は他の兵に押しのけられてしまった。戦闘時に反射的に体の動かない自分は、まだ兵らしい兵ではないのだろう。

壕口に駈けのぼった兵たちの間から、新たな射撃音が起ったが、重々しいキャタピラの接近音につづいて、今まで耳にしたこともない無気味な音が壕外からきこえた。それは、突風が吹きつけるような、熔接の炎の走るような異様な音であった。

「火焔放射器だ」

近くで、低い声がもれた。

壕口から兵が、数名すべり落ちるように駈け下りてきた。

「壕奥へ待避」

甲高い声が兵たちに浴びせかけられた。

真一は、兵たちと壕の奥へ駈けながら、命令したのが壕口にいたはずの中尉であることに気づいていた。壕口と銃眼の間隔はわずかで、銃眼が破壊されれば当然中尉の体は四散しているはずであった。しかし、中尉の体には傷らしいものもなく、表情にも平静さが失われていない。真一は、あわただしく岡島伍長の姿をさぐったが、岡島の顔はどこにも見出すことはできなかった。

再び風の鳴る音がきこえ、壕口から赤黒い炎が、すさまじい勢いで斜めに壕の床にふきつけられてきた。異常な熱気が押し寄せ、壕内に黒々とした煙が充満した。風は、つづいて鳴り、太い炎が走った。真一は、煙にむせて咳込《せきこ》んだ。頬に、拳がとんできた。かれは体をかがめ、必死に口を掌でおおった。

炎がやみ、キャタピラの音もきこえなくなった。

真一たちは、身じろぎもせずに闇の中で眼を光らせていた。

物音は、絶えた。かれらは、口をつぐんでしきりとなにかをききとろうとしていた。が、壕外からは遠雷のように砲爆弾のはじける音がつたわってくるだけで、あたりにはうつろな静寂がひろがっていた。

中尉が、徐ろに身を起し、真一たちの傍をはなれると、足音をしのばせて坑道をすすみ、壕口の方へ上っていった。

真一たちは、息を殺して壕口を見上げていた。

やがて中尉が壕口の崩れ落ちた岩かげから姿をあらわし、傾斜をくだってくると、

「いる、いる。戦車も砲口をこちらに向けて、じっとしている。おれたちの出てくるのを待っている」

と、声を殺して言った。

真一は、二十七、八歳の中尉の眼に恐れの色がみじんもみられないことをいぶかしんだ。中尉の表情には、むしろなにかスリリングな競技を楽しんでいるような色すら浮んでいる。

「馬乗りされたんでありますか、中尉殿」

下士官の一人が、言った。

「そうさ」

中尉は、他人事のようなさりげない口調で答えた。

「それなら、斬込みに出ましょう」

若い下士官の眼が、鋭く光った。

「馬鹿言うな、いい鴨《かも》になるだけだ。それよりも、夜を待つんだ。みんな死に絶えたように、じっとしていりゃいい」

中尉は、ポケットから煙草をとり出すと一服すい、無造作に傍の兵に渡した。

真一は、中尉の冷静さに呆れると同時に、どことなくその中尉に軍人になりきれていないような部分があることを感じた。それは、将校というものの概念からはみ出した、幾分くずれた印象だった。

兵たちも幾分落着きをとりもどしたらしく、立っていた者たちも腰を下しはじめた。

その時、為体の知れぬ音が上方で起った。決して銃撃音ではない、連続的に鳴る乾いた音であった。

「なんだ、あれは」

兵の一人が、低い声でつぶやいた。

かれらは、青ざめた表情で上方を見上げた。

「畜生、鑿岩機を持ってきていやがるのか」

中尉が、眼をあげながら舌打ちするように言った。

「サクガンキ？」

兵が、いぶかしそうにきいた。

「上から穴をあけて、そこからなにか投げ込むんだ」

中年の下士官が、素気ない声で答えた。

鑿岩機の音は、頭の真上でしているようにも思えるし、洞穴からかなりはずれた方向からきこえてくるようにも感じられる。その音は、徐々に重々しさを増してきていた。

真一は、兵たちの顔をうかがった。はげしい恐怖感が、背筋を走った。兵たちの眼には、おびえた光がうかび、顔はひきつれている。それは、震動音がたかまるにつれて、一層色濃いものに変っていった。

突然、数名の兵が、申し合わせたように走り出した。

「馬鹿、出るんじゃない」

中尉の声が、その背に浴びせかけられた。が、兵たちは、ふり向かず岩の傾斜を壕口の方へ駈け上ってゆく。

真一は、かれらの後につづきたいと思った。このまま壕内にとじこめられて殺されるよりは、一発でも銃を射って殺された方がまだいい。かれは、落着きを失った表情で銃をにぎりしめ、壕口の方を見上げていた。

銃声が、壕外で起った。それは、ひとしきりつづいたが、やんだ。

「困ったやつらだ。壕の中におれたちがいることを知らせたようなものだ」

中尉は、腹立たしそうに言った。

ひとときやんでいた鑿岩機の音が、再びきこえてきた。その音が大きくなり、壕の天井から岩粉が少しずつ落ちはじめた。

どれほど経った頃だろうか、鑿岩機の音がやんだ。真一は、わずかな希望をいだいた。鑿《のみ》の先端が固い岩盤に突き当って穿孔《せんこう》をあきらめたのか、それとも鑿岩機の使用は一種の威嚇《いかく》で、その後とび出す兵がいないため中止したのではないかと思った。

しかし、中尉は立ち上ると、きびしい表情をして、

「壕内に散れ。岩かげがあったらひそみ、出来るだけ身を伏せろ」

と、低い声で言った。

兵は、うろたえたように散った。

真一は、壕の側壁に身をかがませ耳をおおった。汗が全身から湧き、口中のはげしい乾きが意識された。

突然、轟音が上方で起り、岩の砕片が側壁にするどく当る音がした。体に強烈な圧力が加わるのを感じたが、体に異状がないことに安堵をおぼえた。

かれは、おそるおそる眼を開けた。壕内には、思いがけない明るい光がさし込んできている。その光の方向に眼を向けると、それまで身をひそませていた附近の岩肌が落盤し、直径一メートルほどの穴が上方にひらいていた。敵は、穿《うが》った孔に火薬を仕掛けて穴を開けたのだ。

真一は、はげしい不安に襲われた。敵は、穴からなにか自分たちを殺戮する物を投下するのではないだろうか。

かれは、再び眼を閉じると、前にかがみこんでいる兵の背に顔を強く押しつけた。その時、全身にすさまじい圧力が加わるのを感じると同時に、閉じられた眼の中にまばゆい白い大きな火が、一瞬開花するのをみた。あの白いまばゆさだ、と思った。再びあの錫のかけらがきらびやかに乱舞し、それらは、凝集、拡散をくり返すにちがいない。そして事実、かれの体は、まばゆい錫のきらめきの中に巻きこまれていった。

死への恐れは、不思議と薄かった。錫の輝きにみちた世界は、死に通じるものなのだろう。渦状にはげしく動く錫のかけらの群の中央に、点々とした穴がひらいていた。かれは、もだえることを諦め、その穴の中に無抵抗に吸われていった。

意識のない時間が、流れた。

真一は、自分の咽喉からもれる呻き声に眼をひらいた。体に異様な重さがのしかかり、あたりはひどく暗い。死の世界にすでに足をふみ入れてしまっているのだろうか。

この息づまるような重さは、いったいなんなのだろう。かすかに上方から流れてくる明りに、人の腕や足や頭などがみえ、眼の前には、口を半開きにした男の顔が密着してきている。ようやく真一は、自分の体が、かれらの体の下に埋れ、その重みに身動きできなくなっていることに気がついた。

真一は、起き上ろうとしたが、体の上に何重にも人の体がかさなっているらしく、すぐ上の人間の体が少し動いただけだった。

息苦しさと恐怖で叫び声をあげたが、重なり合った人間の体にはなんの反応もみられない。自分の体にのしかかってきているものが、死体であることをはっきりと知った。顔や腕にふれている人の体が冷たく、それが徐々に硬直を示しはじめているような気がした。

真一は、うろたえた。硬直した死体は互いに手足を蔦《つた》のようにからみあわせて、微動もしない重量物に化すだろう。

力を入れて膝を立てようとしたが、両足の間に死体の頭部でも入りこんでいるらしく、足の自由がきかない。左手は、ねじられた形でおおいかぶさっている男の体の下に入って動かず、右手の置かれている部分にわずかな空間があるだけだった。かれは、右手で冷たい顔を力一杯押し上げてみたが、顔がかすかに動くだけでそれ以上の変化はみられなかった。

焦燥感《しようそう》で体が熱し、呼吸がひどく苦しくなった。のしかかってくる重さに、今にも骨格が、一本残らず折れてしまうような激痛を感じていた。

口から叫び声がふき出た。なんという重さだ、なんという息苦しさだ。かれは、叫び、喘ぎつづけた。が、身もだえするたびに、顔に密着してきている男の歯列が眼尻の皮膚にふれ、それが徐々に皮膚を破り頬骨に食いこんでくるのを感じた。その歯列の力で、顔が万力で固定されたように動かなくなってしまった。かれは、呻いた。こんな死に方が、自分の死であったのかと思うと、身の引き裂かれるような悲しみに襲われた。

真一は、眼前で歯列をむき出しにしている男に羨望を感じた。男の死は、おそらく一瞬のものだったろうし、そこに苦悶《くもん》はさしはさまれなかったはずだ。それに比べて、自分の体は不運にも充分に生きていて、しかも意識は鮮明なのだ。やがて死はまちがいなく訪れてくるのだろうが、それまでの苦痛と苛ら立ちは、脳組織を破壊し自分を発狂させてしまうにちがいない。

頭の中に、閃光のようにかすめ過ぎるものがあった。体に、新たな力が湧いた。かれは、眼をいからし、必死になって右手を動かそうとつとめた。

しかし、それまで何度も身もだえしてきたためか、上方の死体が重くずり落ちてきていて、指先以外は動かなくなってしまっていた。身につけている手榴弾の位置は、よくわかっていた。それを発火することができさえすれば、苦痛から確実にのがれることができる。

顔を充血させ、手をその位置の方へ動かそうと試みたが、指先がかすかに動くだけであった。

潮の干《ひ》くように、体から力がぬけた。自分には、自決の自由さえも失われてしまったのか。

かれは、歯先を舌に食い入らせてみた。顎に力をこめ、歯列をそろえてきつくかみしめた。舌がかみ切れれば、自動的に巻きこまれて咽喉をふさぎ、窒息死を起させてくれるはずであった。舌に激痛が走り、舌全体に疼《うず》くようなしびれとなってひろがってゆく。

かれは、徐ろに歯列をひらいた。舌がたとえかみ切れたとしても自分の体に一瞬の死は訪れてくれないだろうし、新たな苦痛が自分の体に加えられるだけだ。これ以上の苦しみには、堪えられそうになかった。眼尻から、熱いものが流れ出た。

急に、体にのしかかってきている死体の重みがさらに増した。かれの口から、呻き声がもれた。死体の上へ岩盤でも落下したのか。激烈な苦痛に、息をつまらせた。かたく閉じた瞼《まぶた》の裏に、かすかな明るみがさした。かれは、圧力にたえながら、うすく眼をあけた。

明るみがはるか上方でゆらぎ、なにかが動いている。眼を見はった。明るみが徐ろに増し、体を圧している重みが薄れてくる。

だれかが死体をとりのぞいてくれているらしい。かれは、思いきり叫び声をあげたが、すぐに口をとざした。

敵かも知れぬ。かれは、体をかたくして頭上に動くものを必死にとらえようとした。重みが徐々にうすらいできた。

落着かなければいけない、と思った。敵に捕えられるならば、この死体の中で息絶える方が望ましい。ふと身につけている手榴弾のことが、思い起された。死体がとり除けられれば、手も自由になるし、手榴弾をつかむことができるだろう。それを発火さえすれば、望み通り一瞬の死に恵まれる。

しかし、かれは、思い直した。自分には三発の手榴弾が残されている。兵であるのだから、敵を一人でも多く殺すことを考えなければいけない。死体の中から引き上げられる直前に安全装置をひきぬき、それをかれらに投げつけてやろう。もしもそれが不可能なら、手榴弾を懐にかれらの体にしがみついてやる。

頭上にはあきらかに人の気配がし、死体の重みが感じられなくなった。かれは、ひそかに手を動かした。しびれきった手の先に雑嚢《ざつのう》がふれ、その中の手榴弾をしっかりとにぎりしめた。

周囲の死体が動き、眼の上に明るさがひろがった。かれは、眼を細め上方をうかがった。明るみの中からのぞいているのは、いがぐり頭の血にまみれた男の顔であった。

かれの体から緊張がとけ、安堵の吐息がもれた。上におおいかぶさっていた死体が男の手で除かれ、頬骨に突き立てられていた歯列がはなれた。

かれは、半身を起した。肩に男の手がかけられた。真一は、かたくはまりこんでいる足をひきぬくと、死体の中を上方へ這いのぼった。

爆発物が落下された時、壕内の者たちは真一の周囲に寄り集まったらしく、死体が堆く盛り上っていた。しかも上方の死体は、火焔放射器で炎を吹きつけられたらしくどす黒く焼けただれていた。

壕の上方に大きく開いた穴からは、明るい光が流れこんでいた。真一は、側壁にもたれて腰を下している男に這い寄ると、言葉にはならない不鮮明な声で礼を言った。が、男は、ただ息をはずませているだけで口をつぐんだままだった。

真一は、初めて男が失明していることに気がついた。顔の上半分の肉がけずりとられ、右眼のつぶれた眼球がとび出して垂れ下っている。おそらく男は、真一の呻き声を耳にして、手探りで死体を取りのぞいてくれたにちがいなかった。

真一は、男の傍で身を横たえた。眼に一挺の拳銃が映った。それは、坐った男の腰近くに置かれている。

あらためて男の顔を見直した。軍服は破れて襟章も失われ、顔も血におおわれていたが、壕内で指揮をとっていた工兵中尉だった。

真一は、壕内を見まわした。硝煙の匂いはまだ残っていたが、内部には焼けただれた死体があるだけで、動くものはなにもない。生きているのは、自分と失明した中尉二人だけらしい。

かれは、眼を閉じた。重い死体に圧迫されつづけたためか、全身に鈍い疼痛《とうつう》が湧いている。

死から脱け出られたという安堵感が、眠りを誘った。かれは、体をのばした。たちまち意識が遠のいていった。

はげしい渇きだった。

眼をあけると、うつろな視線であたりを見まわした。上方の穴から、青白い光が斜めに流れ込んできている。それは、月の光にちがいなかった。

かれは、ふと思いついて中尉の姿を眼でさぐった。が、坐っていた場所に姿はなかった。遠く砲弾の炸裂音がしているだけで、あたりには深い静寂がひろがっている。

不快な匂いが、壕内に立ちこめていた。眠っている間に嗅覚《きゅうかく》がなじんでしまったらしかったが、折り重なった死体から湧く腐臭だった。

あれからどれ程の時間が経ったのだろう。死体もかなり腐敗していることを思うと、二、三十時間は過ぎているのだろうか。

体の筋肉がすっかり弛緩《しかん》してしまっているような疲労感が四肢にひろがっている。かれは、疼痛の残っている体を起すと水を求めてあたりを這いまわった。しかし、薄暗い壕内には、ただれた死体があるばかりで水筒はどこにも見出せなかった。

もとの位置にもどると身を横たえ、ぼんやりと穴から流れこむ光を見上げた。執拗な眠気がしのび寄ってきたが、このまま眠ってしまえば、再び眼をさますことはないような予感がした。

小銃は、いつの間にか失われていた。しかし、まだおれは、戦闘に加わらねばならないし、死ぬわけにはいかない。この壕を出て、友軍の陣地にたどりつかなければならない。

真一は、身を起すと穴の下に近づき、崩れた岩の上を這い上って外に首を出した。澄んだ夜気が顔にふれ、白々と霜の下りたような月光を浴びた傾斜が、眼の前に伸びていた。

疲労感が消え、神経がとぎすまされた。あたりに眼をくばりながら這い出すと、素早く近くの岩陰に身をひそませた。周囲の地形を眼でさぐり、丘陵の中腹を、南とおぼしき方向に小刻みに這って登りはじめた。

砲弾の火箭は、丘陵の南方向に注がれ、近くでも規則正しい間隔をおいて砲の発射音がとどろいている。真一は、この丘陵一帯がすでに敵に占領され、友軍の陣地は、さらに南方へ後退していることを感じた。

かれは、不安をおぼえた。すでにこの附近一帯は敵地で、その中に自分ひとりだけが取り残されてしまっているのではないだろうか。

斜面を登ってゆくと、一〇メートルも進まぬうちに必ず死体にぶつかった。兵の死体もあれば、女や子供の死体もある。ほとんどが大きくふくれ上って腐臭を放っていたが、それは身をかくすのに恰好な遮蔽物でもあった。

ようやく斜面の頂きに這い上ると、砲弾の炸裂音が体を包みこみ、眼前にきらびやかな夜景が見下ろされた。上空には、照明弾が提灯の群のように浮游《ふゆう》し、その中を海上からの火箭と地上砲火の光が、網の目のように交叉し、前方の地上に閃光と炎の色をひろげている。

あの華麗な光にみちた地域が、自分のたどりつかねばならない世界なのだ。かれは、その地域までの距離が一キロ近くあることを見定めると、周囲に眼を配りながら徐々に斜面をくだりはじめた。

右方向一〇〇メートル程の地点で、甲高い発射音が連続して起った。身を伏せ、その方向をうかがった。

上空に打ち上げられた新たな照明弾の輝きに、低い丘陵のくぼみに寄りかたまった数十個のテントが浮び上った。その方向から自動小銃らしい銃撃音がきこえ、かすかに人の動く気配もとらえられた。

もしかすると、自分と同じようにこの地域を這いまわっている者がいるのではないだろうか。銃撃音は、その影をねらって敵の歩哨が発射したものにちがいない。

心細さが、薄らいだ。敵地とはいっても、壕や墓は丘陵の起伏に数多く散在し、自分と同じような境遇にある者が数多くひそんでいることは充分に想像できた。

かれは、銃声の絶えるのを待ってから、周囲に眼を走らせながら傾斜を南の方向に下っていった。

月の光が、淡くなった。

やがて、東の方向から、夜空に青ずんだ色がひろがりはじめた。

五

日が昇り、日が没した。

雨期は去り、泥濘は強い太陽の光を浴びて乾燥し、さらに干からびて表面にこまかい亀裂を刻みつけはじめていた。

死体になじむ生活がはじまった。

日の昇るきざしがみえると、死体の寄りかたまった個所に這い寄り、その下へ体をもぐり込ませる。なるべく腐爛《ふらん》度の少ない死体をえらぼうとつとめたが、それは、初めから無理な注文であった。じりじりと照りつける日光に、死体は急速に腐敗をすすめ、ほとんどが紫色に膨脹し、くずれた内部からは、腐臭が液体のような濃厚さで流れ出ていた。

かれは、日が没するまで、自らを死体と化すことを強いた。死体の下で、かれの体は動かなかった。眼も時折うすく開けられるだけで、かたく閉じられていることの方が多かった。常に敵の眼が自分の体に注がれているような意識がはたらいていて、指先さえも動かそうとはしなかった。

たしかに敵の気配は、あたりに濃くただよっていた。自動車のエンジンの音は、遠く近く頻繁に耳にした。時には、数メートル先を疾走する自動車のタイヤが、かれの体に砂埃《すなぼこり》を浴びせかけて過ぎたこともあった。

初めて敵兵の声をきいたのも、二日目の朝だった。ひどく甲高い澄んだ声で、なにか同僚にでも声をかけたものらしく、遠くでもそれに応える声が起った。それきり人声は絶えた。

真一の手には、手榴弾がにぎられ、敵の気配がする度にかたくにぎりしめられた。そうした時間の中で、かれを最も恐れさせたのは、軽飛行機の爆音だった。その偵察機は、しばしば降下すると、地上に砂埃を巻き上らせるほどの超低空で体の上をかすめ過ぎる。機は死体の群の中に生き残った日本兵がひそんでいることを察知しているらしく、事実横たわった死体の群に時折、銃撃を加えたりしていた。かれは、爆音が接近する度に眼を閉じ呼吸さえもとめていた。

最も不安な時間は、日の昇った直後であった。かれは、顔や手に土をすりつけて死体の下にもぐりこむが、たとえ身を動かさなくても周囲の膨脹した死体と識別されてしまうおそれは多分にあった。しかし、一時間もたたぬうちに、そうした懸念もうすらいでゆく。かれの体は、密着した死体から湧く蛆と飛び交う蠅におおわれて、確実に死体の群の中にとけこんでしまう。

日中の時間の流れは、かれに大きな苦痛をあたえた。身じろぎもしない体は、すっかりしびれきって、疼痛が重苦しくひろがる。それに、顔に這い上る蛆は、眼や鼻や耳の内部へ入りこもうとし、しかもそれらは、死体の腐った肉の粘液と腐臭を、かれの皮膚に容赦なくすりつけてくる。

体には、熱い太陽が照りつけていた。雨よ降ってくれ……、と、霞《かす》みかけた意識の中で願いつづけた。雨が落ちてくれば、熱した皮膚は冷え、頬をつたわる雨水を、舌の上に受けることもできる。しかし、太陽は、雨期の降雨量を一滴も余すことなく蒸発させようとでもするように、容赦ない光と熱を地上に注ぎつづけていた。

日が没すると、かれは、静かに頭をもたげる。寝返りを打って体のしびれが薄らぐのを待ってから、蛆を払い落し、あたりに視線をくばると方向を見定めてゆっくりと這いはじめる。

初めにしなければならないことは、渇きをいやすことだった。泉の湧く地点には、何度も近寄った。いつの間にか、かれの渇ききった感覚は、水の匂いを敏感にかぎとれるようになっていた。が、泉の近くには必ず敵兵のひそんでいる気配が感じられた。銃撃音の起るのは、ほとんどが泉や小川のある地点からで、かれらはハンターのように、水を求めて近づく者を待ちかまえて銃弾を射ちこんでいる。

真一は、たえきれず自分の体からわずかに洩れる尿を掌にうけた。しかし、それは醤油《しょうゆ》のように濃厚で、却って口の中の渇きが増すだけだった。

そのうちに、真一は、黍畠《きびばたけ》にもぐりこんで渇きをいやすことを知るようになった。畠といっても土は掘り起されて、それらしい姿はとどめていなかったが、土中からは倒れた黍が見つかった。かれは、茎にむしゃぶりつく。草っぽい液が茎の繊維かららにじみ出て、それが咽喉の奥に陶酔するような甘さで流れ込んでゆく。

その夜も、黍の茎をひそかにかみながら、あたりに注意深く視線を走らせていた。敵地をさ迷いはじめてから、どれほどの時間が経ったのだろう。壕を這い出てから、夜が明け、日が没した。熱い太陽がきらめき、星がまたたいた。……今夜で、三昼夜が過ぎたらしい。初めは、それ程の時間も費やさずに友軍陣地へたどりつけるはずだ、と思っていたが、日中の戦闘で、敵の最前線はかなり前に進み、その距離だけ友軍陣地は遠くなっている。

しかし、砲弾の炸裂している地域はかなり接近してきていて、その夜は、おそらく友軍陣地にたどりつくことができそうに思えた。

照明弾が一発、夜空に打ちあげられた。真一は、黍畠に伏したが、明るんだ前方に幾つかの人影を認めた。それは、立哨中の敵兵の姿らしく、五〇メートル程の間隔を保って右に左に動いている。最前線の歩哨線にちがいない、と思った。その線を突破できれば、友軍陣地にたどりつくことができるだろうと判断した。

照明弾の輝きが消えるのを待ってから、黍を捨てると歩哨線に向かって這いはじめた。

その時、かすかに人の声をきいたように思った。かれは、ぎくりとして顔を伏すと、全神経を耳に集中した。

また低い声がきこえた。それは、たしかに、

「オイ」

という押し殺した声だった。

真一は、顔を徐々にあげた。その声は、一〇メートルほど右手の方からきこえ、やがて死体の中から一個の頭がもたげられた。

真一は、雑嚢の中の手榴弾をにぎりしめたが、不安はうすらいだ。死体の中から浮び上っている男の頭部は、イガグリ頭で、第一、夜間に敵兵が腐爛死体の中に身

を伏せているとは考えられない。

かれは、胸のはずむのをおぼえながらその影に這い寄っていった。男は中年の兵で、自分の方からも近づいてきた。

「なんだ、兵隊か。子供かと思った。どこでやられたんだ」

男は、髭におおわれた顔を近づけ、低い声できいた。

「与座岳です」

「そうか、おれもそうだ。馬乗りされたんだ」

男はそう言いながら、

「敵の歩哨だ」

と、前方に動く人影に眼を向けた。

「あの中央を突破するから、おれの二、三〇メートル後をついてこい」

と言った。

男は、死体の傍をはなれると、頭をすりつけるようにして這いはじめ、真一も、指示された通りの間隔を保ってその後にしたがった。

真一は、歩哨の動きをうかがいながら進みつづけた。

一〇メートルほど進んだ頃だろうか、遠い砲弾の炸裂音にまじって、左手の方角から音楽のような音色がきこえてくるのを耳にした。初めは耳の錯覚かと思ったが、風の具合でかなり音高く浮び上ってくる時もある。

どこか窪地《くぼち》に陣地でも設けられているのか、それは、一曲終るとまたくり返されている。

真一は、闇の中から湧くリズムに耳を傾けた。その騒々しいリズムは、かれのいだいてきた音楽の概念からははるかに遠いもので、そこに全く異質の世界に住む人間がいることを感じた。

敵の地上戦闘員は、夜間には攻撃を中止して休息をとるといわれているが、その時間に音楽をきく悠長さをもっているとは想像もつかなかった。

歩哨の影が大きくなった。真一は、死体の間を這いつづけた。

やがて歩哨線を通りすぎるのを感じた。歩哨の影が、後方に少しずつ小さくなってゆく。

闇の中に、男が体を伏したまま動かずに待っていた。手がのびて、真一の肩をつかんだ。その手には、深い安堵がこめられているように感じられた。

真一は、男の後にしたがって無言で匍匐《ほふく》をつづけた。

歩哨線から五、六〇メートルほどはなれた地点まできた時、男の口から低い声が

もれた。土の上に針金のような光るものが長々と伸び、男の体がその上にのってい
る。男は、不安を感じたらしく、あわててその上を通りすぎた。その時、どのよう
な仕掛けになっているのか、後方から斜めに照明弾が真一たちの頭上に上り、たち
まちあたりに眩ゆい光がひろがった。

男が立ち上ると駈け、真一もそれにならった。と同時に、後方から銃撃音が起っ
た。弾丸のかすめすぎる音が周囲に満ち、足もとにも弾丸の突きささる音が走った。

真一は、前方にわずかなくぼみを見出し、頭からその中にころがり込んだ。また
上空に、照明弾が上り、明るさが倍加した。銃声は、断続的につづいている。

真一は、頭をかかえて身を横たえ、時折おびえたように頭上の照明弾の光をうか
がった。自分たちの姿を発見した敵が、銃を擬してやってくるような予感がした。
かれは、手榴弾をにぎりしめ、耳をすました。が、やがて銃声も散発的になって
やみ、敵兵の近づく気配もなかった。

照明弾の光が消えると、頭をもたげ後方をうかがい、異状がないことをたしかめ、
窪地から慎重に這い出した。

真一は、周囲に視線を走らせて男の姿を求めた。しかし、動いているものはなく、
男を見出すことはできなかった。

丘陵の高みが、前方にせまってきた。その頂きから、傾斜全面にかけて砲弾の炸裂する光がひろがっている。それは、その丘陵に友軍陣地が設けられていることを示していた。

かれは、後方をふり返った。深い闇と、かすかにきこえていた音楽のリズムが思い起された。そこには、夜の静けさがひろがっていた。しかし、自分の身を置くべき場所は、前方の光に満ちた世界しかない。

かれは、体を起し、砲弾の炸裂する丘陵の方に歩いていった。


真一は、丘陵の一角にある陣地壕にたどりつくと、一昼夜ふみとどまった。

壕には重機関銃と三挺の軽機関銃が据えられ、敵兵の姿を認める度に激しい銃撃をくり返していた。壕は、きわめて堅固で敵の砲爆撃にも破壊されていなかったが、ただ弾薬の不足が目立ちはじめていた。

壕内にたどりついた時、かれは、その丘陵が意外にも八重瀬岳の一部であることを知った。爆薬を投じられた与座岳の壕からその壕までは、わずか三〇〇メートルほどしかないが、その距離を進むのに三昼夜も費やしてしまったのは、おそらく夜間に方向を見失って無意味な彷徨《ほうこう》をつづけたためらしかった。さらに壕内の兵から、日附が六月十二日だということをきかされ、真一は呆気にとられた。自分の計算では六月九日か十日のはずだったが、その差の二日または三日間をどのように過したのか記憶はなかった。

かれは、その壕の機関銃中隊にとどまるつもりでいたが、壕内の分隊長の口から、第一中等学校隊の鉄血勤皇隊本部が真壁に置かれ、壕内にいた鉄血勤皇隊員も本部に向かったという話を耳にした。

勤皇隊本部は、教師と一部生徒で構成され、各部隊に配属されている隊員を掌握する目的で設けられていたが、真壁に本部が置かれ隊員がそこに向かって出発したということは、真一にとってなにか重大な意味をもつもののように感じられた。すでに本部では、全員斬込みを意図して、生存している隊員の緊急召集をはかっているのではないだろうか。

真一は、ためらうことなく真壁に赴くことにきめた。ただ一人戦場を彷徨しているよりは、鉄血勤皇隊本部の指揮下に入って、学友たちと行を共にする方が好ましかった。

翌日の夜十一時頃、かれは、出発した。

その直前、かれは、兵たちの眼をぬすんで、壕の隅に置かれた食糧箱から乾パン二袋を懐中にひそませ、さらに岩壁の傍に並んだ水筒の一つを素早く肩にさげた。

壕外には、砲弾の炸裂音が満ちていた。かれは、岩かげをつたわって駈けると、崩れた石垣の間に這いずりこみ、水筒を傾けた。

盗みをはたらいたという後暗さはなく、むしろとがめられることもなく食糧や水を手に入れた満足感だけがあった。

石垣の傍をはなれると、乾パンを口に入れながら歩いた。砲弾の落下音がすると、反射的に体が穴や岩かげにころがりこむ。真一は、その動きに、自分がようやく一人前の兵士らしい感覚を身につけてきたような誇らしさを感じた。

南山城趾附近を過ぎた頃、不意に見覚えのある場所に出た。記憶をたどった真一は、そこが、負傷者後送中に蛙の鳴声を耳にした田であることに気がついた。

かれは、余りの変貌《へんぼう》のはげしさに思わず足をとめた。蛙の鳴声どころか、あたりには砲弾の炸裂音しかきこえない。田は緑を失い、荒々しく掘り返されて、一面に大きな穴がひらいている。

あの夜明けのすがすがしい光景は、どこへ行ってしまったのだろうか。潮騒のように田一面に鳴声を伝えてきていた蛙は、すべて死に絶えてしまったのか。

真一は、虚脱した表情で周囲を見まわしていた。

真壁の村落に入ったのは、夜明けも間近い頃だった。

村落は、完全に破壊され、いたる所に死骸が散乱していた。壕や墓所は、入口まではみ出すように兵や住民で充満し、どこにも身を入れる余地はなかった。

真一は、やむなく民家の裏手にある岩陰に身をひそめた。そこには、壕に入れぬ老人や女や子供たちが、おびえきった眼を光らせて身を寄せ合っていた。

かれは、その場所で日没を待とうと思った。本部の所在を探るのは、敵機の姿の消える夜間でなければ不可能だし、身をかくすのには不充分だが、その岩陰で出来るだけ休息をとっておこうと思った。

「敵は、どこまで来ていますか？」

手の甲に島の風俗の一つである刺青《いれずみ》をほどこした五十歳ぐらいの女が、ふるえを帯びた声で言った。あたりに坐っていた老人や女の不安そうな視線が、真一にそそがれた。

「よくはわかりません」

かれは、答えた。

「与座岳、八重瀬岳はどうかね」

汚れきった着物を着た老人が、顔を近づけてきた。

「攻撃をしかけて来てはいますが、友軍の反撃で近づけないようです」

真一は、かれらに動揺をあたえたくなかった。

「あそこは天然の要害だから、破られることもあるまいよ。そうだろう、兵隊さん」

老人は、自分に言いきかせるように言うと、真一の顔を眼脂《めやに》のこびりついた眼で見つめた。

真一は、黙ったままうなずいた。

かれに向けられていた女たちの顔に、かすかに安堵の色が浮び上った。

「鉄血勤皇隊本部は、どこに来ているか知りませんか」

真一は、老人にたずねた。

しかし、老人も他の者たちも、真一から視線をそらせ、かれの質問に反応をみせるものはいなかった。かれらは、他人のことに関心を寄せる精神的なゆとりも失われ、ただ自分だけのことしか考えることができなくなっているようだった。

真一は、仕方なく口をつぐんだ。すべては夜になってからだ……、かれは、下着の下にかくしている乾パンの袋と水筒を上からおさえるようにして眼を閉じた。飢えている住民たちの眼に、それらをふれさせまいという配慮が、習性のようにはたらいていた。

　夜になって、真一は岩陰から這い出すと村落内の壕をたどって歩いた。しかし、夜明け近くまで艦砲弾の炸裂する中を走りまわっても勤皇隊本部の所在を見出すことはできなかった。ただ唯一の手がかりとして、三日前に第一中等学校の鉄血勤皇隊員十数名が、島の南端にある摩文仁へ向かったという話を耳にしただけであった。

　真一は、夜が明けると再びもとの岩陰にもどった。勤皇隊本部は、真壁から摩文仁へ移動してしまったのだろうか。隊員十数名というのは、本部の部員か、それとも集合した隊員の総人員なのか。いずれにしても、摩文仁へ向かわねばならぬ、と思った。

　岩陰には、夜の間に入りこんできたらしい住民が、十名近く新たに加わっていた。その中に、真一は、奇妙な容貌をした者がまじっているのを眼にした。

　年齢を推しはかることはできなかったが、体つきから判断して、中年の夫婦らしい男女と十歳ぐらいの少女であるように思えた。かれらは、ほとんど裸身に近く、どこかで拾いでもしたらしい布を体に巻きつけているだけで、女は、乳房を露出させていた。

　かれら三人には、頭髪も眉毛もなく、粉をふいたような白っぽい顔に、ただれた眼だけが落着きなく光っていた。

男は、女の背にしきりに指をのばしていた。その部分を眼にした真一は、顔をしかめた。背中は一面に白い色でおおわれ、それが重なり合って動いている。男の指は、物憂げに這いまわる蛆をつまみとっていた。

火焔放射器の炎でも浴びたのだろうか、少女は、苦しそうに咽喉をならして呼吸している。少女の両手は、木の根のように指が固着し、内側に曲っていた。

周囲の者たちは、その家族に眼を向けようともしなかった。かれらの顔には、冷淡さと虚脱した色とが交互に浮び上っていた。

欠けた月が出ていた。

真一は、真壁の村落をぬけ出ると畠の中に出た。

キャベツがひろがり蜻蛉《とんぼ》の流れていたその附近も、ただ掘り返された土がひろがっているだけで、二十日ほど前、明るい雨にうたれて歩いた折の平穏な光景は見られなかった。

路上や畠には、移動する人の姿が多くみられた。かれらの進む方向は一定していて、島の南端にむかっている。

人の数が急に増して、死臭も一層濃くなった。

真一は、咽喉の渇きにたえきれなくなって、米須《こめす》の泉に足を向けた。が、その附近一帯には砲爆弾の落下がはげしいらしく、地表はおびただしい穴と、倒れた樹木におおわれていて歩くのにかなりの時間を費やさねばならなかった。

ようやく泉へ通じる路を見出して緩《ゆる》い坂道を下ってゆくと、路傍に一人の兵が坐っていた。二つ星の襟章をつけた兵は、腰部をやられているらしくズボンもゲートルも血と泥でかたくこわばっていた。

「水」

かすかな声がもれ、手にした小さな錆《さ》びた空缶が弱々しくさし出された。

真一は、顔をしかめて通り過ぎたが、思い直して兵の傍にもどると水筒を逆さにしてみせた。

「水、水」

兵の口から譫言《うわごと》のような声がもれ、光を失った眼があげられた。

「今、汲《く》んできてやります」

真一は、あやすように兵の眼をのぞきこむと踵を返した。

かれは、路の曲りまでくると後をふり向いた。兵は、空缶を手にしたまま力なく首をたれている。

泉に近づくにつれて死骸の数が増し、水の湧く周辺では、足のふみ場もないような死骸が折り重なって倒れていた。おそらく敵は、水を求めて集まる者をねらって銃爆撃をくり返しているにちがいなかった。

あたりは、蛆におおわれ、地面そのものが仄白く動いているようにみえた。這いまわる蛆は、泉のふちからはみ出して水面をすき間なくおおっていた。

真一は、一瞬ためらいをおぼえたが、蛆をふみつぶしながら近づくと、掌で水面に浮ぶ蛆を押し分け、水のあらわれた空間に水筒を沈めた。そして、冷たい水を咽喉に流しこみ、再び水筒を水の中に沈めた。

子供を背負った女が二人、路を下ってきた。彼女たちは、死骸にも蛆にも無頓着らしく、蛆をのけると直接水面に口をつけた。子供を死体の傍に下すと、掌に水をすくってその口に当ててやっていた。

真一は、泉をはなれた。

路を上ってゆくと、兵の姿がみえた。水をわけてやるのは惜しかったが、空缶の半ば程度の水は分けてやってもよいという気持になっていた。

兵は、首を垂れていた。真一は、水筒の口をあけると兵の肩をゆすった。が、兵の体は無抵抗にゆれているだけで、強くゆすると横へ倒れた。兵の眼は薄くあけられ、白っぽく干からびた唇からは、金冠のはまった歯がのぞいていた。

真一は、水をわけずにすんだことに安堵し、水筒の蓋をしめるとその場をはなれた。自分にはあの兵に少量ではあっても水をやる意志はあったし、これであの兵への義理もすんだのだ、と思った。

真一は、水筒の重みをたのしむように肩にかけると、路を足早に上って行った。米須から摩文仁へ向かうにつれ、砲弾の落下音ははげしさを増していたが、その間隙を縫って断崖に砕け散る波濤《はとう》の音を耳にした。やがて高みにたどりついたかれは、眼下に広くひろがる夜の海を見た。

岩陰に身をひそませ、前方に視線を据えた。敵の艦影が海上にぎっしりとひしめき、そこから間断なく砲弾を発射する閃光が多彩な火箭となってふき上っていた。

かれは、後方をふり返り、四囲に視線を動かした。自分のひそむ高みをふくめて、艦砲弾の炸裂している地域は、五キロ平方もあるだろうか。真一は、その狭さに慄《りつ》然《ぜん》とした。

後退してきた兵と住民と南部に住みついている住民は、その狭隘《きょうあい》な地域に、しぼられたチューブの内容物のようにかたく押しつめられている。しかも背後は海で、海面には敵艦船が幾重もの厚い壁をつくって沖への道をかたく閉ざしてしまっている。

戦況も遂にここまで悪化したのかという感慨と、自分にも最期の時が近づいてきていることを強く感じた。

炸裂する砲弾の密度は、地域がせばまっただけに一層濃いものになっていた。殊に、摩文仁に軍司令部が後退してきていることを察知しているのか、海上を埋める艦からの砲火は、その地域に集中されている。火閃と炎に包まれた光景は、村落そのものが大噴火を起しているようにみえた。

真一は、至近弾の炸裂におびえながら、傾斜を下り村落に足をふみ入れた。路上に横たわる死骸は、ほとんどが住民のもので、布切れや鍋釜などが飛び散っている。壕は人の体でふくれ上り、海面にせり出した屹立《きつりつ》した岩山のくぼみにも住民がひしめいていた。

真一は、阿檀《あだん》の繁みにおおわれた岩陰にようやく身を入れる余地を見出し、その夜、村落内の壕を走りまわった。

「一中の鉄血勤皇隊本部は、どこにあるのか知りませんか」

かれは、壕口を見つけると、内部に向かって何度も声をかける。しかし、中からはなんの答も返ってこず、負傷者の呻き声や子供の泣き声にまじって、湿気と暑熱にみちた人いきれが漂い出てくるだけであった。

おれは、ひとりぼっちになってしまったのではないだろうか。かれは、はげしい焦燥感におそわれた。同窓の者たちは勤皇隊本部に集結し、再編成されて最前線に向かったのではないだろうか。かれらはすでに全員総斬込みをおこなって、すでに戦死を遂げてしまっているのかも知れない。

かれは、暗澹《あんたん》とした表情で壕から壕へ走った。その間にも、村落へは、絶えることなく住民が群をなして入りこんできている。かれらは、砲弾の落下音がしても身を伏せることはせず、中には路傍にうつろな表情で坐りこんでいる者もいた。

かれの苛ら立ちは、増した。この摩文仁附近は、住民の避難場所と化していて戦闘員である自分の身を置くべき場所ではないように思える。鉄血勤皇隊本部の組織下に入ってその指示を仰ぐことはむろん最善の方法だが、それよりもまず自分には、兵として戦闘に参加する義務が課せられている。いたずらに彷徨しているよりは、前線にもどって敵とたたかうべきではないのか。

かれは、八重瀬岳から真壁へ、さらに摩文仁へたどってきたことを悔いた。

八重瀬岳へもどり、いずれかの隊へ潜りこんで、その隊の兵たちと行動を共にしよう。

かれは、意を決すると村落内に入ってくる住民たちの流れにさからって、北に向かって歩き出した。すでに乾パンは尽き、水筒の水も残り少なくなっている。が、隊の組織下に入れば、そうしたものは補充されるだろうし、第一、与座岳で失った銃を入手できる可能性もある。

かれは、轟音と火閃につつまれながら、岩陰をつたわって小走りに歩きつづけた。

六

畠地の彼方にある低い丘陵から人の群が湧き出したのは、日没間近い頃だった。初めそれはわずかな動きでしかなかったが、またたく間に数が増し、日が没した頃にはおびただしい人の群が畠地一面をおおっていた。

ゆるい傾斜地にうがたれた真一の壕内では、はげしい動揺が起っていた。壕に集まっていたのは、軍曹を長とした十六名の兵だったが、指揮者以下真一と同じように所属部隊を失った者ばかりであった。かれらの中には武器をもたぬ者が多く、銃を手に入れるどころか、真一は、三個の手榴弾中一個を逆に兵の一人へ手渡さなければならなかった。

「前線が破られたらしい」

兵の一人が、血の気の失せた顔で言った。

たしかに眼前にくりひろげられた光景は、その言葉を裏づけていた。上空には、照明弾が何個もつづいて打ち上げられ、偵察機らしい爆音もしている。畠地一面には砲弾の炸裂する火閃が間断なくひろがり、その間隙を人の群が追われるように移動してくる。

人の群の中から、為体の知れぬ叫び声がふき上っていた。兵たちにまじって、子供の手をひき老人の体を背負う住民たちの姿もみられた。

人の群は、壕の左方向にある高台と高台の間のせまい路へ流れこんでゆくが、傾斜をのぼって真一たちの壕の中へとび込んでくる者も多くなった。たちまち真一たちは、壕の奥に押しこめられ身動きすることもできなくなった。

壕内には、ひりつくような子供の泣き声と、住民たちの喚き合う声が充満した。

「落着け、落着け。敵はすぐにはやってこない」

兵の怒声が、かれらに浴びせかけられた。が、壕内には後から後から人の体がなだれこみ、泣き叫ぶ声が交叉している。

「前線からの兵はいるか」

軍曹の声がきこえた。

「ハイ」

若い兵らしい声が、壕口の近くからきこえた。

「前線の状況はどうか」

「摩文仁へ転進命令が出ました」

兵の声には、元気な張りがあった。

「よし、この陣地壕にいる兵は、全員外へ出ろ」

軍曹の声がひびいた。

真一は、

「どけ、どけ」

と、声を荒げ、ひしめき合う住民を押しのけて壕の外に出た。

「きいたか、摩文仁へ転進命令が出ている。きさまらと行を共にしたいが、摩文仁にはきさまらの原隊も転進してきているはずだ。途中はぐれることがあっても、各自摩文仁へ急ぐのだ。わかったな」

軍曹は、そう言うと先になってゆるい傾斜を走り出した。

真一たちは、その後を追った。

砲弾の落下する中を、兵や住民たちが南へ南へと急いでいる。杖《つえ》をついて歩く者、呻きながら這って行く者。地表は、死骸と傷つきもがく者におおわれていた。

いつの間にか、同じ壕にいた兵たちの姿が少なくなり、あたりには見知らぬ兵や住民だけになった。どのあたりを歩いているのか、真一にはわからなかった。地形から判断すると、米須附近のような気もする。

突然、前方で異様な混乱が起った。人々の進む方向から、ひしめき合う人の群が引き返してきた。

「逆だ。敵がいる」

人の群から悲鳴のような叫び声が起っている。

周囲の人々の動きは、大きく乱れた。喚き声と泣き声が交叉し、かれらは互いに体をぶつけ合っていた。突き倒される者、一カ所を狂ったように走りまわっている者、一人が走り出すと、それにつれて人の群が動いてゆく。

真一は、今にも眼前に敵が現われ、一斉掃射を受けるような不安に襲われた。かれは、人のもみ合う中で周囲を見まわした。たしかに自分の立っている地点は、摩文仁方向へむかう場所ではないらしい。

夜空に、眼を向けた。照明弾が数個あがっていて星の光もうすれているが、見覚えのある星座が眼にとまった。

「こっちだ」

真一は、叫んだ。

たちまち周囲に人が集まり、かれが走り出すと、かなりの数の人々が追ってきた。頭上には、偵察機が照明弾の光を受けながら舞っている。機上から逃げまどう兵や住民の動きが報告されているのか、周囲に砲弾が豪雨のように落下しはじめた。かれは、穴から岩陰へとつたいながら走りつづけた。轟音と火閃の中で、かれの体が無意識に動いた。眼にさまざまなものが映り、消えていった。

或る窪地では、母親らしい女が脳をはみ出させて倒れていた。胸から黒く大きな乳房が露出し、そこに嬰児の体がおおいかぶさっていた。

真一の耳に、かすかな音がつたわってきた。かれは、嬰児の体に眼を向けた。初め息絶えていたと思っていた嬰児の体は、動いていた。音は、乳房のあたりから起っていた。

かれは、顔をしかめた。それは女の乳首を吸う音で、嬰児の小さな掌が、しきりと乳房をもむように動いている。無心な嬰児の姿が、無気味なものに感じられた。やがて嬰児の体は砲弾で四散するか、それとも乳の出もとまって飢え死にしてしまうだろう。

かれは、這い寄ると小さな体に手をかけたが、すぐにやめた。抱いていっても、食糧も水も与えられないし、まして乳をあたえることなどできない。いずれにしても、嬰児を待っているのは死だけで、そうした定った運命にあるものを抱いてゆくのは無駄な行為に思えた。いたずらな感傷は不要だ、と胸の中でつぶやき、ためらうことなくその場をはなれた。

かれには、他人の事に関心を抱く精神的な余裕は失われていた。頭のつぶれた子供を背にくくりつけたまま、放心したように歩いている女もいたし、発狂したのか声を立てて笑いながら坐っている娘もいた。しかし、それらの姿も、ただ変哲もない風物のようにしか感じられなくなっていた。

しかし、砲弾の炸裂音とはちがう爆発音を耳にした時、かれの意識ははっきりと眼ざめ、足をとめるとその音の方向に視線を据えた。そこには、肉の裂けた兵の死体がころがっていた。爆発音は手榴弾の発火音で、傷ついた兵が自決したことはあきらかだった。

その音は、頻繁にあたりで起っていた。その都度、真一は音の方向に視線を向け、手榴弾を発火させた兵が例外なく即死しているのを認めると、深い安堵をおぼえた。手榴弾は、確実に一瞬の死をあたえてくれるらしい。「最後の一発は、自決用」と入隊時に言われた言葉の正しさを、あらためて自分の眼で確認したように思った。

かなり走りつづけたような気がしていたが、それ程の距離は進んでいないらしく、周囲の地形には際立った変化はみられなかった。

かれは、疲労をおぼえて前方に崩れかけた墓所を見出し、その中へころがりこんだ。心臓の粘りつくような息苦しさで、手をつくと肩を喘がせた。

墓所の中には、嬰児を背負い、両手に子供の手をつかんだ痩せた小柄な女が坐っていた。

真一は、子供の顔に眼をやった。二人とも、おびえの色もみせず虚脱したような眼で正坐している。

「兵隊さん」

女の声がした。

真一は、女に顔を向けた。骨ばった小さな顔に不釣合いなほど太い眉毛をした女だった。

「この子供たちを、あずかってください」

女の顔は、無表情だった。

真一は、顔を伏すと呼吸をととのえた。

「兵隊さん、お願いします。子供たちをあずかってください」

女の声が、またきこえた。

かれは、女に顔を向けると黙ったまま頭をふった。自分のことで精一杯だというのに、荷厄介《にやっかい》なものを託そうとする女の非常識な申し出に不快さを感じた。

女が、子供の手をはなすとにじり寄ってきた。

「兵隊さん、あずかってくださいよ」

真一は、女に顔を向けると再び頭をふった。

女の眼に、哀願するような光が浮んだ。

「それなら、私たち四人を殺してください。もう逃げる力もなくなった」

女は、腹の底から吐き出すような声で言うと、かれの顔を見つめた。

真一は、顔をそむけると照明弾の光に浮び上っている前方の高みに眼を向けた。あの地形は、摩文仁附近の丘陵のような気がする。目的地が近づいたことに、疲労感もうすらぐのを感じた。

女の手が、かれの腕をつかんだ。かれは、ぎくりとして女の顔をふり返った。

「殺してください、殺してくださいよ」

女の声には憤りに似たひびきがこめられ、かれの腕をつかんだまま頭を何度もさげた。正坐している二人の子供も、女の仕種にならって交互に頭をさげている。

胸に、恐怖感が湧いた。女の眼には、かれの腕を決してはなすまいとする強い意志の光がうかんでいる。

真一は、女の手を荒々しくふりはらうと逃げるように走り出した。腕にからみついてきた女の手の感触と、思いつめたような女の眼の光が、おびやかすようによみがえった。女が、子供を連れて追ってくるような不安に襲われ、走り出てきた墓所の方向をうかがった。しかし、岩の陰にかくれているのか、女も子供も見えなかった。かれは、ようやく平静さをとりもどすと岩のくぼみを出た。

至近弾の落下音が頭上に迫って、岩のくぼみに身を伏した。

摩文仁の丘陵が眼の前に迫ってきた。かれは、頭をふりながら丘陵に近づいていった。

摩文仁村落は、人の体で埋り、屹立した崖の岩のくぼみにも、ぎっしりと兵や住民がひしめいていた。すでに夜明けの気配が海上にきざしはじめ、海面をおおう艦影が、淡く浮びあがってきている。

真一は、崖の中腹の深くくびれた岩の間に身を入れた。下方をみると、浅い珊瑚礁の上をほの白い波が寄せ、岩に砕け散っているのがかすかにみえた。

「どこから来た」

傷ついた右腕を布きれで巻いた伍長が、声をかけてきた。

「真栄平《まえひら》です」

真一は、岩の間をうかがった。向う側にも出口があり、そこには三名の兵と五十年輩の破れた開襟シャツを着た男が坐っていた。

「敵は、どこまで来ているのですか」

男が、おびえきった眼でたずねた。

「わかりません」

真一は、素気《そっけ》なく答えた。質問に答えるのが煩《わずら》わしかったし、事実、敵が現在どのあたりまで来ているのか判断もつかなかった。

「おい。お前、中学生じゃないのか」

奥の方の兵が、声をかけてきた。

「ハイ、一中です」

真一は、兵たちの顔に眼を据えた。

「おれたちは、師範の予科だ」

真一は、身を乗り出し、

「僕たちの学校の鉄血勤皇隊本部は知りませんか」

と、うわずった声でたずねた。

かれらは、首をかしげたが、その中の一人が、

「一中の奴らには何人か会っている。本部もどこかに来ているのかも知れんな」

と、言った。

真一は、同じ学校の者が近くにいることに心強さを感じたが、それよりも、自分だけが生き残っているのではないことに安堵をおぼえた。

夜が、白々と明けてきた。

「そろそろ敵のやつらもやってきやがるだろう。出掛けようや」

師範生たちが、腰を上げた。

「どこへ行くんですか」

真一は、かれらの顔を見上げた。

「きまっているじゃないか、敵を迎え撃つんだ。おれたちは、転進、転進で死にそこなってばかりきた。今度こそは死んでやるんだ。最後の御奉公だ」

師範生は、眼をいからせて言うと、岩の間からぬけ出して崖の岩肌を上りはじめた。

真一は、あわてて腰を上げるとかれらの後を追った。かれは、岩肌を這い上りながら摩文仁の崖に眼を走らせた。屹立した岩肌は、砲爆弾を受けて、一面に白い地肌を露出させている。その表面には、岩そのものが動いているように上り降りする人の姿がみえた。海上から放たれる砲弾は、崖の所々に白っぽい光をひらめかせて炸裂し、その都度近くの岩肌から人の姿が飛散して消えた。

朝の陽光がさすと、敵機の爆音が上空を往き交った。

崖の上に這いあがった真一は、機影におびえながらも師範生の後から岩陰づたいに走った。あたりには、爆弾と銃撃の音が絶え間なく起っている。

師範生たちは、台地の傾斜をのぼり、前面に黍畠《きびばたけ》のひろがる地点の岩のくぼみに走りこんだ。

その周辺には陣地が設けられているのか、兵の死骸が散乱し、まだ息のあるらしい兵の体も横たわっていた。それらは、すでに自然物の中にとけこんでいて、呻き声も血の色も突き出た骨も、真一の感覚には風物のようになんの反応もあたえなかった。が、焼けた樹の根本に横たわっている兵の姿に、真一の眼は釘づけになった。兵は、物憂げに手を動かしていた。内臓破裂を起し、土の上にはみ出した腸にたかる蝿を手で追っている。

兵は、呻き声もあげず顔をしかめてもいなかった。真一は、その兵の深い孤独を強く感じた。その兵に残されているのは、蝿を掌で追う行為だけである。それがただ一つの生きている証なのだろうか。

腸を刺す蝿の口吻《こうふん》の痛みが、真一にもそのまま伝わってきた。かれは、腹部に疼痛が湧くのを感じ、兵の姿から顔をそむけた。

砲声は間遠になっていたが、敵機は群をなして飛び交い、頻繁に急降下をつづけている。ほとんど緑の色は失われていたが、黍畠には多くの兵がひそんでいるらしく、時折敵機の銃撃が走ると、その部分から兵がとび出し左右に逃げまどう。敵機は、動くものを執拗に追い、さらに爆弾を投下していた。

真一の胸に、強い悲哀感が湧いた。同胞の姿は、狩猟者たちに囲まれた弱小動物と同じものになっている。機上の飛行士たちは、おそらく射撃競技を楽しむように地上を動くものを追っているにちがいない。かれらにとって、すでにこの島での戦闘は、危険な要素はなく、ただ日本兵と住民を射殺するだけのものになっているのだろう。

新たな爆音が起って、敵機の群が姿を現わした。それからくりひろげられた光景は、黍畠での悲惨さを一層色濃いものにした。

機体の腹部から、奇妙なものが多量に落された。それは、落下しても閃光は発しなかったが、その後に曳光弾《えいこうだん》のようなものが投下されると、あたり一面に喚声をあげるように炎がふき上った。

「ドラム缶だ。ガソリンの入ったドラム缶を落しやがった」

師範生の一人が、吐き出すように言った。

火は、強い陽光を浴びて透明な炎をなびかせ、黒煙をあげている。黍畠に、壮大な炎がひろがった。敵は、人間を焼き殺すと同時に、畠を焼きはらって食料になるべきものを絶やそうとしているにちがいなかった。

ドラム缶は、後方の断崖にも落されているらしく、黒煙が舞い上っている。

真一は、岩のわずかな間隙からその光景を見つめていた。

初めのうちは、蟻《あり》の巣に火が投じられたように、炎の中から湧いた人の姿が狂ったように動きまわっているのが見えた。しかし、それもまたたく間に消えて、ただ炎だけがすさまじい音をあげて黍畠をおおっていた。

意識のない時間が流れた。太陽は頭上にのぼり、熱い日光が地上を焼きつづけていた。

炎がおさまり、黒々と焼きはらわれた黍畠に陽炎《かげろう》が立った。

「戦車だ」

不意に引きつれた声が、傍できこえた。

真一は、筋肉が収縮するのを感じて岩の割れ目に顔を押しつけた。黍畠の彼方に、なだらかな丘陵がひろがっている。その低い稜線に、黒いいかつい形をしたものが数個あらわれ、またたく間に数を増して、一定の間隔を保ちながら傾斜をゆっくりと下ってくる。

初めて眼にする敵の戦車であった。それは、緩慢な動きで、地表の起伏に身をゆすりながら動いている。その鈍重な動きに、為体の知れぬ威圧感を感じた。

砲声はやんでいたが、戦車の前面には閃光がひらめき、黍畠に土煙が上っている。戦車は、時折、動きをとめ、しばらく砲撃をつづけると再び一列になって動いてくる。

戦車の後方に、草色の点状のものが動いているのがみえた。それらは、戦車の陰にかくれるようにして動いている。

かれは、眼をみはった。あれが、敵兵なのか。真一は、不思議なものを見るようにその草色の色彩に視線を据えた。

かれにとって敵というものの存在は、依然として観念的なものであり、わずかに具体的なものとして身近に感じられたのは、与座岳の壕内で耳にした風車の鳴るような戦車のキャタピラの乾いた音だけであった。

真一は、戦車の後に動く草色の衣服を身につけた人の群に、思いがけぬものを発見したような驚きをおぼえた。それは、敵というものが実在の人間たちであり、この戦争が自分たちとあの人間たちの群との間でおこなわれているのだという事実を知った驚きであった。

草色の人の群は、戦車とともに次第に鮮明な形をとってきた。かれらは、傾斜から黍畠へと悠長に歩いているようにみえた。ジョウロで水を撒《ま》くように、黍畠の表面に腋にかかえた自動小銃の弾丸をふりまいている。それは、戦闘の緊迫感とは異質の、集団で耕作がおこなわれている農場での光景と似ているように思えた。

真一は、黍畠をゆっくりと進んでくる戦車と人間の群を、この上ない砲撃の好目標だと思った。それをねらう散発的な銃声は起っていたが、友軍からの砲声はきこえなかった。

中尉を先頭にした十数名の兵が、傷ついた兵をかかえながら傾斜を駈け上ってくると、真一たちのひそむ岩陰にとび込んできた。

「畜生、遮蔽物がなくちゃ、体当り攻撃もできん」

中尉は、腹立たしげに言った。

四人の兵は、肩に背負っていた急造爆雷の箱をおろした。

敵機の降下音が空をおおい、炸裂する爆弾の衝撃で岩のくぼみは震動し、土石が爆風とともにとんでくる。焼きはらわれた黍畠一帯に、敵兵の銃撃音が近づいてきていた。

「あっ。やった、やった」

兵の叫び声に前方をみると、一台の戦車が土煙におおわれ傾いたまま動かなくなっている。その後につづいていた敵兵が後方に逃げてゆくのがみえた。

しかし、他の戦車は、ひるむ様子もなく前進をつづけ、敵兵の顔もはっきりと見えてきた。かれらの顔は浅黒かったが、まちがいなく黒人兵と思われる兵もまじっていた。

「ここにいちゃ、全滅をくらうかも知れん。岩山の後にさがって、近づいたら体当りだ」

中尉が、兵たちをふり向いた。爆雷が、あわただしく兵の背にくくりつけられた。

「望月たちは、どうしますか」

兵が、二人の傷ついた者に眼を向けた。

「ついてこられる者だけついてこい」

中尉は、乾いた口調で言うとしばらく上空をうかがっていたが、先になって飛び出していった。

上空に鋭い銃撃音が起り、前方からの小銃の発射音もそれに加わった。

「行こう」

師範生が、前後して岩陰から走り出した。

真一は、二名の負傷者とともに取り残された。一人の兵は、腹部をやられていてただ仰向いて胸を大きく喘がせ、他の兵は、太腿から流れ出る血を掌でおさえていた。

真一は、すくんでしまったように動かない自分の体がもどかしかった。とび出して、かれらと行動をともにしたいと焦るのだが、足が土に固着したように動かない。

キャタピラの音が近づき、周囲に戦車の砲弾が炸裂しはじめた。かれは、岩の割れ目にしがみついた。傾斜の下を砂埃にまみれた一台の戦車が近づき、その後から身をひそめながら銃を射つ十数名の敵兵がついてきていた。

かれは、ふるえる手で手榴弾をにぎりしめた。やがてかれらは、自動小銃を乱射しながら傾斜をのぼってくるだろう。かれらが近づいたら、岩陰から躍り出して手榴弾を投げつけよう。しかし、すくんでしまっている自分の体を思うと、そんなことが果して可能だろうか、という不安も湧いてきた。

不意に真一は、耳なれた音をきいた。その方向に眼を向けた真一は、右下方に停止した戦車の先端から赤黒い炎が音を立てて放たれているのを見た。火焔は、傾斜の付け根に丹念に注がれている。

激しい恐怖感が、萎縮した筋肉のこわばりをといた。かれは、無意識に岩陰からとび出すと走った。が、一〇メートルもゆかぬ間に、折り重なった死骸につまずいて転倒した。土に食いこむ銃弾が、かれの傍を走った。かれは、死骸のかげに頭を伏した。

不思議なほどの落着きが、体の中にひろがった。かれは慎重に地形を見定め、銃撃の音が薄らぐのを見はからうと再び走り出し、岩陰にとび込み、土の上を這い、そして走った。

やがて、真一は、岩山の後方にたどりついたが、すでにそのあたりは、朝、通り過ぎた折とは異った凄じい混乱を示していた。

小銃弾の発射音と手榴弾らしい炸裂音が、あたり一面に満ち、逃げまどう兵や住民が、右に左に入り乱れて往き交っている。発狂したのか、なにか喚きながら一カ所を走りまわっている女や、ころがった死骸の中を、すでに身を避ける意志も失ったのかうつろな眼で歩いている者もいた。

真一は、岩陰に身をひそめたが、一〇メートル程へだたった岩の上に立っている男の奇妙な行為に眼をとめた。片足の失われているその男は、上空に機影を認めるとしきりに手をふっている。

発狂している、と真一は思った。

機が急降下して、男の近くに機銃弾が走ったが、不思議にも弾丸は当らない。また男が、空を仰いで手をふりはじめた。機が急降下して、男の体は機銃弾に薙《な》ぎ倒されて岩の上から転落していった。

真一は、男の行為の意味を理解した。自決用の武器をもたぬ男は、即死することをねがって、すすんで敵機の銃撃に身をさらしたのだろう。

小銃の発射音が、連続的に右手の岩山の方向から起っていた。真一は、身の危険を感じて岩陰からとび出すと、断崖の方に死骸をふみながら走った。

しばらくして真一は、焼けた樹木の下の岩陰に這いこむことができた。海を見下すと、掃海艇が、海岸沿いに何隻も走っていて機関砲を乱射している。

自分の肩が叩かれるのに気づいた。ふりむくと、瘦身《そうしん》の兵の顔があった。顔に、かすかな見覚えがあった。

「比嘉じゃないのか」

男の口から、声がもれた。その表情の動きに、隣のクラスで最も長身の仲地の顔が浮び上った。

「仲地か」

真一は、かれの顔を呆れたように見つめた。

仲地の顔は、五歳も十歳も老《ふ》けこんでしまったように少年らしい表情はみられなかった。

「鉄血勤皇隊本部は、どこにいるんだ」

真一は、咳こむようにたずねた。

「知らん。おれは、ずっと一人きりだった」

仲地の言葉に、真一は、同じ境遇に身を置くかれに親近感をいだいた。

「どうする」

仲地が、言った。

「夜を待とう。それまでは、どこかにもぐり込んでいるんだ」

真一は、断定的に言った。

かれらは、岩陰づたいに身をひそませながら崖を下りはじめた。海上から放たれる機関砲弾が、崖の岩肌に炸裂し、岩片が音を立てて飛んでくる。何気なく見上げた眼に、崖の上から投身自殺する女の体が二個、落下してゆく姿がとらえられた。

真一は、仲地を連れて師範生たちとひそんでいた岩の間にたどりついた。そこには、五十年輩の男と伍長以外にモンペをはいた若い女が三名身を寄せ合って坐っていた。

「兵隊さん」

奥にいた女が、声をかけてきた。

「敵は、上まで来ているのですか」

真一は、うなずいた。

その女たちの衣服には、女学生特有の標識布が襟もとに縫いつけられていた。

「君たちは、女学生だろう？　どこの学校だ」

娘たちが顔をあげ、口を合わせたように、

「昭和高女です」

と、言った。

「ぼくたちは、一中だ。こいつも同級生だ」

真一が仲地をふり返って言った。

「国吉台附近の話をきいたか」

仲地が、口をひらいた。

真一は、頭をふった。

「敵の司令官が戦死してな。その報復のために、負傷してつかまった日本兵を戦車でひき殺したそうだ。住民を並べて射殺したり、ひどいことをやったらしい」

仲地の眼に光るものが湧いた。太平洋諸島嶼《しょとうしょ》の戦いでは捕虜になった日本兵を戦車でひき殺したというが、それが郷土の上でもおこなわれていることを思うと、あらためて敵に対する憎悪がつのった。

「一中の方、お願いがあるんですけど……」

女生徒の一人が、思いつめたような眼をして声をかけてきた。

「手榴弾を一つゆずってください」

真一は、仲地と顔を見合わせた。

仲地は、三八式歩兵銃を手にしているだけで手榴弾はもっていない。譲るとすれば真一だが、戦闘を交えなければならない自分にとって、二発の手榴弾のうち一発を失うことは兵としての勤めを果せないことになる。

「だめだ。誰かほかの人からもらってくれ」

真一は、冷やかに言った。

その時、

「敵だ」

という叫びが、近くの岩のくぼみで起った。

真一は、岩の間からおそるおそる上方を見上げたが、かれの眼にはそれらしい姿はとらえられなかった。

しかし、海の方向に眼を向けた真一は、思わず息をのんだ。西日の射しはじめた海岸線の環礁ぎりぎりの海上を、上陸用舟艇が四隻横に並んで走っている。舟べりにつらなる敵兵の姿も見え、今にも接岸してきそうに思えた。

女生徒たちは、おびえたように立ち上った。

「ここは危険だ」

伍長が引きつれた声で言うと、先になって岩の間からぬけ出し、崖を上りはじめた。

真一も、女生徒たちとその後に従ったが、舟の姿に恐怖をおぼえたのか、崖の岩肌には上方に登る人の姿がひしめいていた。

崖上にたどりつくと、真一たちは、岩のくぼみに身をひそませた。

日没も迫ったためか、敵機の数は少なくなっていたが、あたりには敵機から撒布《さんぷ》されたビラや新聞が舞い落ちていた。新聞にはサイパン新聞という活字が印刷され、日本軍の敗退状況や東京大空襲の写真などとともに、牛島軍司令官に告ぐという降伏勧告文も掲載されていた。

「畜生」

女生徒たちは、手にしたビラや新聞紙を破り捨てると、腹立たしげにふみにじった。


夜が、やってきた。

真一たちは、再び崖をつたいおりると、もといた岩の間に近づいていった。

驚いたことに、海上には、都市の夜景のような光が満ちていた。ぎっしりとひしめいている艦は、煌々《こうこう》と明りをつけ、そこから砲弾を発射する閃光が、華麗さを一層誇示するように果しない点滅をつづけていた。

照明弾も頭上に何個も浮び、岩のくぼみは昼間のように明るかった。その中には、小柄な師範生が一人と、二、三歳ぐらいの子供を背にくくりつけた女が坐っていた。

「ほかの師範の方たちは、どうしました」

真一は、師範生にたずねた。

師範生は、顔を向けたがすぐに眼をそらした。その沈黙に、真一は、すべてを了解した。

艦砲弾は、別の地区に注がれているらしく、近くに炸裂音はしていなかったが、その代りに太鼓を連打するような迫撃砲弾の炸裂音がきこえていた。

「どうしますか、伍長殿」

真一は、言った。

同じ場所に身をひそませているかぎり、上官である伍長の指示にしたがって行動すべきであると思った。しかし、伍長は、真一に顔を向けただけで口を開かなかった。

「玉砕だ」

師範生が、吐き出すように言った。

「最期の時がやってきたんだ。全員突撃して死ぬんだ」

うわずった声に、真一はうなずき、仲地の顔をふり返った。仲地も、血走った眼でうなずいていた。

「師範の方」

女生徒の一人が、声をかけた。

師範生は、女生徒たちに顔を向けた。

「お願いがあります。玉砕する時は、私たちを殺して下さい。お願いします」

女生徒が、哀願するように言った。

師範生は、しばらく黙っていたが、雑嚢をあけるとその中から手榴弾一個をつかみ、彼女たちの前にさし出した。

女生徒たちは這い寄ると、それをつかみ、

「ありがとう」

と、涙声で言った。

師範生は、銃を抱くようにして眼を閉じた。

真一も、岩肌に背を凭《もた》せた。不思議にまだ敵に包囲されたという実感は、湧いてこない。しかし、今まで過した夜とはちがった気配が、自分の体を包みこんできているのを意識した。足下から立ちのぼってくる波濤の砕け散る音は、地の果てに追いつめられたことを意味し、最後の瞬間が近づいたことをしめしている。

思いがけなく冷静な気分でいる自分に、真一は満足した。これならば、一人の兵として潔く他の将兵たちと玉砕することができそうに思えた。

かれは、眼を閉じた。伍長の腕から匂ってくる膿汁の匂いが、かれの周囲に濃くただよっていた。

「起きろ、出撃だ」

肩をゆすられて、眼をあけた。

岩の割れ目から海上をみると、艦船群のともしていた明るい光が白っぽく薄れ、夜明けの気配がひろがっていた。

師範生は、すでに岩の間からぬけ出して崖を這い上りはじめている。

真一は、身を起すと、仲地の後について師範生の後を追った。敵兵は、夜間には安全な地域に後退し、日が昇ると同時に攻撃を開始してくる。師範生は、それを迎え撃とうとしているにちがいなかった。

ようやく崖の上にたどりつくと、真一たちは、岩陰づたいに走り、岩山の付け根にあるくぼみに身をひそませた。

明るい陽光がひろがると、敵機の銃爆撃がはじまった。真一は、師範生の指示を待っていたが、師範生は、それきりその場を動こうとしなかった。

「どうします」

仲地が、苛ら立ったようにたずねた。

しかし、師範生は、仲地に顔を向けただけで、

「一寸待て」

と、言ったまま口をつぐんでいた。

真一は、師範生の横顔を見つめた。その表情に、真一は、師範生がどのように敵を攻撃したらよいのか、方法をつかみかねていることに気づいた。今まで敵を攻撃したいと焦りながらも手足がいっこうに動いてはくれなかったが、師範生も、自分とほとんど変らぬ未熟な兵士であることを感じた。

機銃や小銃の発射音が遠近できこえ、手榴弾らしい爆発音も起っていた。

師範生の顔には焦りの色が濃かったが、銃をにぎりしめたまま岩陰から這い出すことはしなかった。

不意に、

「戦車だ」

という叫び声が、前方の岩山のかげからきこえ、数名の兵が後退してきた。どこにひそんでいたのか、近くの岩陰から兵がとび出し、後方へ走りはじめた。

真一は、手榴弾をにぎりしめた。死の予感が、体を刺しつらぬいた。戦車は、やがて岩山の裾をつたわって姿をあらわしてくるだろう。その折をねらって手榴弾を手にキャタピラの下へとびこもう。今の自分なら出来そうだ、と思った。胸の動悸が、音を立ててたかまった。

突然、耳なれた音が前方の岩陰で起り、同時に火炎と黒煙がふき上った。膝頭が、急に痙攣をおこしはじめた。いやな音だが、恐れることはない、としきりに自らに言いきかせながら、キャタピラの音と炎の走る音をきいていた。

死は、一瞬のことなのだ。肉体が四散すれば苦痛はないし、死の安らぎがすぐに訪れてくるだろう。かれは、手榴弾の安全装置に手をかけた。

その時、師範生と仲地の体がはね上り、岩陰から走り出るのに気づいた。真一は、落着きを失った。火炎をふきつける音が、連続しておこっている。焼けただれた自分の死体の幻影が、おびやかすように眼の前に浮んだ。

真一は、恐怖におそわれ岩陰から走り出した。

穴だらけの路上には、逃げまどう兵や住民の体がひしめき、鋭い銃撃音があたりに充満している。

真一は、撃ち倒された者の体につまずいて何度も転倒した。どこを走っているのか、意識はなかった。

かれは、追われるように崖に近い岩陰にとび込んだ。その狭い空間には、多くの兵と住民たちがうずくまっていた。

兵の一人が、子供を抱いた女に銃剣をつきつけていた。

「いいか、子供が泣いたら殺すぞ。敵に気づかれれば、火焔放射器で全員がやられるんだ」

兵は、殺気立った声で言った。

女は、機械的にうなずきつづけていた。

壕が爆破されるのか、爆発音が遠く近く起り、炎の吹きつけられる音もきこえてくる。岩陰にひそむ者たちは、咳一つしなかった。

そのうちに、笑うような泣きむせぶような低い声が背後できこえた。ふり向くと、銃をつきつけられた女が、顔を仰向かせ、唇をふるわせている。そのかたくにぎりしめられた両掌の間には、長い舌を突き出した嬰児の首があった。

「馬乗りがはじまった」

駈けこんできた兵が、血の気の失せた顔で叫び、

「ここにも敵がくるぞ、火焔放射器でやられるぞ」

と、言った。

住民も兵も、立ち上った。

「よし、斬込みだ」

数名の兵が、銃を手に岩陰からとび出した。

住民たちは、立ったり坐ったりしている。

突然、背後で銃声が起った。ふり返ると、岩陰の奥にいた傷ついた兵が、銃口を口にくわえて坐っている。口から血がふき出し、それが銃身をつたわって腿の上にひろがっていた。

住民たちが、岩陰から這い出て崖の方に移動してゆく。炎の走る音が、近くで起った。

真一は、反射的に岩陰からとび出すと崖の方に走った。崖ぷちには、下りかねて立ちすくんでいる住民たちの体がひしめいていた。真一は、かれらをおしのけて下方をのぞきこんだ。切り立った岩肌が足もとから落ちこみ、砕け散る波しぶきがはるか下方に白々とみえた。

かれは、思いきって崖を下りはじめた。逃れる場所は絶壁しかなく、二晩ひそんでいた崖の中腹の岩陰にたどりつきたかった。

叫び声が、周囲で時折おこった。投身自決なのか、それとも足をすべらせるのか、人の体が崖下に次々と落下してゆく。崖上からは黒い煙と銃声や爆薬の炸裂音がのしかかり、敵機が、崖を伝いおりる人々を銃撃してはかすめすぎる。

崖の岩肌には、おびただしい海虫のように人の体が全面にうごいていた。その中には、子供の姿もまじっていた。

真一は、人声のようなものを耳にして、海の方向に顔を向けた。海岸の環礁ぎりぎりの水面を一隻の掃海艇がゆっくりと動いている。声は、そこから起っていたが、スピーカーから流れ出ているらしい声は曖昧《あいまい》で、爆発音と銃声でなにを言っているのかわからなかった。

岩肌の人の動きは、とまっていた。近くを走る掃海艇と為体の知れぬ声に、かれらは身をすくませている。

掃海艇は、海岸線に沿ってうごいている。真一は、自分の体がなんの遮蔽物もなく敵の舟から露出していることに不安を感じた。下方からは、かなり強い潮風が立ちのぼってきている。体が宙に浮いているような心細さであった。

掃海艇が岩陰に消えると、岩肌の人の体が再び動きはじめた。上下左右思い思いの方向へ這う秩序のない動きだった。

西日が海上を染めた頃、真一は、もといた岩陰にたどりついた。そこには、住民や兵がひしめき合っていた。

住民たちの顔に、血の色はなかった。体をふるわせて意味のないことをつぶやきつづけている者、うずくまって頭をかかえている者、恐怖感からか尿をだらしなくもらしている者もいた。

その中に、真一は仲地の顔を見出した。仲地が、人の体の間を縫って這い寄ってきた。真一は、仲地の腕をつかんだ。

日が、没した。

銃声も少なくなり、砲声も遠くなった。海上には艦船のまばゆい灯がひろがり、空には月がかかった。

奇妙な静けさが、体を包みこんできた。自決するらしい銃声や手榴弾の爆発音が、遠近で起り、その音が一層あたりの静けさを深めている。

真一は、自分の体がまちがいなく生の領域にふみとどまっていることは知ってはいたが、死との境界がとりはらわれていることも意識していた。生と死とは、区別しがたく混沌《こんとん》としている。

静寂が、不意にやぶれた。

「沖縄のみなさん」

スピーカーから流れ出る言葉は、無気味なほど正確な日本語だった。

真一は、岩陰から顔を突き出した。明るんだ海上を、上陸用舟艇らしい舟がゆるい速度で動いている。

「戦闘は、すでに終りました。無駄な抵抗はやめなさい。夜、歩いてはいけません。夜歩いた人は、住民でも射殺します。昼間、なにも持たずに投降しなさい。兵は、武器を捨て手をあげて出てきなさい。無駄な抵抗はやめなさい」

声はくり返され、海岸沿いに遠ざかってゆく。

住民も兵も、立ち上っていた。

「やつらの言うことをきいたら大変なことになるぞ」

岩の奥から、兵が叫んだ。

「喜屋武《きやん》では、海岸に何百人も出たが、上陸してきた敵に火焔放射器で皆殺しにされた。捕虜になったら、女は弄《もてあそ》ばれて殺されるし、男は、戦車でひかれる。それが、やつらの常套手段だ」

住民も兵も、口をつぐんでいる。

「もうおしまいですね」

傍に立ちすくんでいた女が、つぶやいた。

真一は、黙っていた。

女が、岩の間から出て崖下へおりはじめた。他の者たちも、その後から無言でついてゆく。かれらのとる方法は、自決しかないはずだった。しかし、武器をもたないかれらは、どのようにして自決するのだろう。

もうおしまいですね……といった女の言葉が胸にしみ入った。

真一は、岩に背を凭せ、眼を閉じた。熱っぽい眠気が、四肢にひろがっていった。


夜が明けた。

崖下では、爆発音や銃声が交叉している。

その日、真一は、岩陰から自決する多くの住民や兵の姿をみた。近くの岩のくぼみでは、霜降りの小学生服をきた少年をまじえた家族らしい者たちが、肩をくみ環をつくり、その中央で白っぽい火がひらめいた。かれらは仰向けに倒れたが、中年の女は死にきれず這ってゆくと崖下に転落していった。

海水の中に、手をとり合ってふみこんでゆく子供づれの者の姿も多くみられた。澄みきった海水の中に沈んでゆくかれらの体は、長い間透けてみえていた。

日がわずかに傾きかけた頃、血だらけの若い兵が、岩のくぼみに這いこんできた。その兵から、真一は、思いもかけないことを耳にした。

摩文仁の軍司令部壕にいた軍司令官以下参謀たちが、昨夜すでに割腹または拳銃で自決したという。くぼみの奥にいた女子学生たちも、兵をとりかこんだ。

「本当ですか」

真一は、叫んだ。

「本当だ。軍司令部壕も敵の手に落ちた。投降しない壕は、ガソリンを流し込まれて焼かれている。自決か玉砕か、どちらかだ」

兵は、眼を血走らせていた。

真一は、信じがたい気がした。崖上は完全に敵に占領され、ただ絶壁の側面だけが自分たちの身を置く場所になってしまっているのか。戦況を最も正確に判断しているはずの軍司令官や参謀たちが、すでに自決してしまったことは、戦闘が終結したことを意味しているのだろう。

「意気地なしめ」

仲地が、泣きながら叫んだ。

真一の胸にも、はげしい憤りが突き上げてきた。

「そうだ。死にたい奴らは勝手に死ね。この島はおれたちの郷土だ。おれたちの墳墓の土地だ。おれたち沖縄県民は、最後の最後まで敵と戦うぞ」

真一は、嗚咽に肩を波打たせた。

「沖縄のみなさん」

海上から、スピーカーを流れる声が伝わってきた。

「みなさんは、よく戦いました。今のうちに出てくれれば、生命は保証します。食糧も水も充分にあります。泳げる者は、舟まで泳いできなさい……」

真一は、眼をいからせて海上の上陸用舟艇を見据えた。

二隻の上陸用舟艇が、海面にとまったまま浮んでいる。

「私は、日本兵です。捕われの身となりましたが、米軍の手厚い保護を受けています。投降した住民は、それぞれの居住区に安全に帰されています。泳げる者は、泳いできてください。今のうちに出てきてください」

別の男の声が、スピーカーから流れ出た。

いつの間にか銃声は少なくなり、静寂があたりにひろがっていた。

真一たちは、岩の間から海上を見据えていた。

海岸に白いものをかざした三名の兵らしい男があらわれた。かれらは、崖下から海岸を走ると、珊瑚礁のひろがる水の中に白布をかかげながら駆けこんでゆく。

「卑怯者《ひきよう》」

近くの岩陰から、憎悪にみちた叫び声がきこえた。

崖の岩肌の所々から、銃声が起った。海水の中を泳ぎはじめた男たちの周辺に、小さな飛沫が上った。

「当れ、当れ」

真一は、胸の中でつぶやきつづけた。

一人の男の手足が動かなくなると、それにつづいた他の二人の男の体も澄んだ海水の中に沈んでいった。

舟艇は、傍観するように静かに浮んだままだった。が、やがて動き出すと、海岸線に沿って消えていった。

真一は不快そうに眉をしかめて、岩に背を凭せると眼を閉じた。

夕焼が、空を彩った。海は凪《な》いで、こまやかな波に西日がまばゆく反射した。

真一は、岩にもたれたまま華やかな夕景に眼を向けた。珊瑚礁が、美しい残照に映えて鮮やかな色彩をひろげている。

数年前の夏、夕焼けた積乱雲の峰に没していった戦闘機の姿が思い起された。島が戦場化してから、自分の死を、落照の中に小さな点となって没してゆく機の孤影にみてきた。祖国のみがすべてであり、自分の生命が、そのために消滅しても悔いはなかった。

しかし、眼の前にひろがる夕照は、頭の中にえがいてきた戦争の華麗さ、壮烈さの象徴とはちがっている。そこには、悲愴《ひそう》な終末美とでもいったものが感じられる。かれにとって祖国は、足でふまえている郷土であり、その土の上に住む非力な女や老人や子供たちの生命だと言っていい。しかし、郷土は、崖の岩肌とわずかな海岸だけとなり、老幼婦女子の多くは死骸を白日のもとにさらしている。

崖の所々で、爆発物の火がひらめいていた。それも、茜色の光の中に透明な彩りをそえるだけで、一層落日の印象を濃くしていた。

やがて夕闇が落ち、月がのぼった。

真一は、夜空を見上げた。冴えた星の光が、空一面に散っている。散発的な銃声と、岩にくだける波の音がしているだけで、あたりにはうつろな静寂がひろがっていた。

女生徒たちは、雑嚢の中から折り畳んだ制服をとり出して着換えていた。

「もういいんでしょうね」

最年長らしい女生徒が、真一の顔を見つめた。

その言葉の意味が、すぐに理解できた。しかし、かれは、黙っていた。

女生徒の一人が、顔を伏していた。その姿には、おびえの色がこわばった体の線にはりついていた。

「気をしっかり持って。死ぬのは、こわくないのよ。たくさんの人が死んだでしょう。生きていることも死ぬことも、大したちがいはないの。ひと思いに死ねば、楽になるわ。靖国神社で会いましょうね。先生もお友達も、みんな待ってるわ」

年長の女生徒が、しきりに言いきかせている。

やがて、女生徒たちが立ち上った。

「お世話になりました。ありがとうございました」

彼女たちは、丁重に頭をさげると、小柄な女生徒の体をかかえるようにして崖下へおりていった。

岩のくぼみに残されたのは、真一と仲地と傷ついた兵の三人だけだった。かれらは、身をかたくして黙っていた。

自決か……、真一は、胸の中でつぶやいた。たしかにそれは死の一つの形にはちがいないが、自分にとっては無縁のものでしかない。女生徒たちのような非戦闘員や重傷を負った兵が、捕えられることを避けるため自決するのは当然だが、健全な体をもつ一兵士である自分には許されることではない。最後の瞬間まで戦って、戦死しなければいけないのだ。

人の気配がして、崖の上方から兵が数名おりてきた。そして、真一たちに気づくと、

「斬込むか、北部の国頭《くにがみ》地区へ敵中突破するか、どちらかにせよという命令が出たぞ。国頭では、友軍が健在だ。港川《みなとがわ》の敵歩哨線を突破すれば国頭へ行ける」

と、低い、しかし力のこもった声で言った。

かれらは、つらなって崖を下りていった。

「どうします」

真一は、血に染まった兵に言った。

兵は、しばらく黙っていたが、岩肌を見つめたまま口を開いた。

「崖上では、壕から敵の方へ手をあげて出て行った兵や住民もいる。もう、戦闘はおしまいだよ。おれは、怪我をしているから、ここにいる。死ぬのは、いつでも死ねる。つかまってからも死ねるんだ」

兵の声には、拗《す》ねたような響きがあった。

真一は、予測もしていなかった言葉を耳にしたように思った。

「きさま、それでも日本の兵隊か。恥を知れ、恥を。おれたちは、死んでも捕虜になんかならんぞ」

真一は、立ち上ると怒声をあげた。

「よせ、比嘉。こんな腰ぬけを相手にするな。国頭へ突破だ。戦いはこれからだ。行こう」

仲地は、真一の腕を強くひいた。

兵は、顔をそむけて坐っている。

真一は、仲地にひかれるようにして岩のくぼみから出ると、崖を下りはじめた。昼間、敵の舟艇の方へ泳いでいった兵や投降を口にするような兵がいたことが、真一には、腹立たしくてならなかった。爆雷を背に斬込んでいった兵や友人たちの死は、どういう意味があったのか。それらの死のかげに、こうした卑劣な兵たちがぬくぬくと生きていたかと思うと情無かった。

海岸におり立つと、東の方へ歩いている多くの兵たちの姿が眼にとまった。真一の激した感情がしずまった。武器を持たぬ者や傷ついた者もまじっているが、かなりの数の兵が東の方向へ移動している。かれらには、依然として戦闘意欲が残されている。

どこから這い出てくるのか、兵の数は増してせまい海岸にあふれた。丁度干潮時で、真一は、仲地とともにむき出しになった白っぽい珊瑚礁の上を歩いていった。

しかし、一〇〇メートルも進まぬうちに、兵たちの群に混乱が起った。進行方向から、多くの兵が引き返してきた。

兵たちの体は、無言のままぶつかり合った。進む者と引き返す者にはさまれて、真一は、もがいた。前方に敵が堅固な陣地を敷いていて、前進は不可能だという。

真一は、いつの間にか崖下の岩の間に体を押しつけられていた。

「斬込みをして敵中突破だ」

近くで声がし、兵たちが、殺気立った動きで崖を這い上りはじめた。

海岸の兵たちの動きに気づいたのか、突然、照明弾が頭上に打ち上げられ、崖の上からはげしい銃撃音が起った。崖の岩肌から兵たちの体が、折り重なるようにして転落してきた。

真一は、崖づたいに海岸線を東の方向へ走った。後方で、投下される手榴弾の炸裂音がつづいている。

周囲に兵の姿が、まばらになった。真一は、足をとめるとふり返った。近くにいたはずの仲地の姿がみえなくなっていた。

真一は、切り立った崖を見上げた。自分に残された兵としての義務は、国頭地区におもむいて友軍と合流して戦うことだ。鉄血勤皇隊員らしく、祖国のために死力をつくすのだ。

かれは、胸の中にたぎり立つものを感じながら崖をのぼりはじめた。

照明弾が、西方の夜空に散発的にあげられているだけで、あたりは薄暗い。月も、雲の中に没していた。

崖上に近づいた真一の感覚は、とぎすまされていた。

かれは、ひそかに、崖の端に手をかけると首をのばした。あたりに、人の気配はない。慎重に這い上ると、近くに焼け残っている阿檀の繁みにもぐりこんだ。

やがて、あたりに眼をくばりながら繁みを這い出すと、ゆるやかな傾斜を下り、畠の跡らしい個所に身をひそめた。黍畠は焼きはらわれていたが、手で土をかくと、焼け残った根に近い茎が出てきた。むしゃぶりつくと、酸味のまじった液しかにじみ出てこなかったが、それでも咽喉の渇きをいやすのには充分だった。

空に青みがきざしはじめ、周囲に夜明けの気配がひろがってきた。

かれは、死体の下にもぐりこんだ。太陽がのぼり、死体は、濃い腐臭を発散させた。かれは、眼を閉じ、身じろぎもしなかった。

熱した頭に、さまざまな映像が脈絡もなく次から次へと浮んでは消えてゆく。

「一中健児は、全員死ね」という絶叫が、耳もとで何度もくり返しきこえている。大きな軍服につつまれた友人たちの誇らしげな顔。

「斬込む――」と、後手にくくられながら泥の上をころげまわっていた娘たちの姿。戦場を駈けまわるようになってからわずか八十余日だが、五年も十年も時間が経過しているように思える。その間に接した多くの人々の顔が、眼の前に浮び上った。それらの人たちは、その折々に生々しい印象をかれにあたえたが、すべて死の色にかたく塗りこめられている。友人たちはほとんど死に絶え、最後に会った仲地も、おそらくせまい珊瑚礁にふちどられた海岸で死体となって横たわっているにちがいない。それらの死顔は、無心に笑っている。かれらは、おびただしい黒点となって夕焼けた積乱雲の峰の中に没していったのだろう。

夜になった。

かれは、死体の下からぬけ出すと、再び北に向かって這い出した。星座が頭の上にひろがり、銀河が白々と夜空を横ぎっている。

海鳴の音も遠く、銃声もきこえなくなった。

島の南部での戦闘は終り、兵も住民も死に絶えてしまったのだろう。時折、頭をもたげて周囲を見まわした。所々に敵の幕舎《ばくしや》らしい光はみえたが、動くものはなにもない。ただあるのは、地表をおおう死体の群だけであった。

摩文仁を脱出し北へ向かっているのは、自分だけかも知れぬ、と思った。崖を這い上ってここまで来たことは、おそらく奇蹟に近いことなのだろう。

死からひとり取り残されてしまった悲しみが、胸にあふれた。銃の引金をひかず手榴弾を投げることもせず、しかも傷さえ負わない自分にとって、この戦争はいったいなんだったのだろう。自分の体は、ただ戦場をうろついただけで終ってしまった。

涙が、あふれ出た。神州不滅……という言葉が、胸の中に湧いてくる。自分に残されていることは、国頭地区にたどりついて壮烈な死を遂げることだけだ。

北に向かって死体の中を這いつづけた。

朝が、やってきた。

かれは、死体の下にもぐりこみ眼をとじた。

しばらくまどろんだ真一は、かすかな物音に薄く眼をあけた。眼の前に、艶々《つやつや》とした黒い大きな蟻が這っている。蟻は、蛆を脚につかんでひきずっている。腰のふくらみが逞しく、全身に力感があふれている。

こいつも生きていたのか。かれの眼は、蟻の動きを追った。蟻の姿になつかしさに似たものを感じた。蟻は、蛆をひきずって、眼の前に横たわる死体の脇腹ぞいに動いてゆくと、腋の下に入りこんで消えてしまった。

再びかすかな音をきいた。しかし、それは蟻の這う音ではなかった。足音が、背後から近づいてきている。一人でもあるようだし、二人並んで歩いてくるようにもきこえる。

体に硬直が走り、眼が大きくひらかれた。おれは、国頭へたどりつかねばならない。祖国のために戦わねばならない。

足音が、近づいてくる。それは、正確に自分に向かって進んできているように思えた。

茜色の雲が、眼の前にひろがった。死が、やってきたのだ、壮烈な死の瞬間がやってきたのだ。かれは、掌につかんだ手榴弾の安全装置を勢いよくひきぬいた。その動作に、自分の戦争が、今はじまったことを強く意識した。

突然、上におおいかぶさっていた死体が、勢いよく除かれると、同時に両手に激痛が走った。手の上に大きな靴がのせられている。手榴弾がもぎとられ、腕に手がかけられると、体が荒々しく起された。

数人の大きな体をした男が、周囲をとり巻いていた。

「殺せ——」

かれは、胸を叩き、絶叫した。熱いものが、眼からふき出た。

両腕がつかまれ、体が宙に吊るされた。

「子供か、兵隊か」

眼の前に立っている産毛《うぶげ》のはえた背の高い白人兵が、妙な訛のある日本語で言った。

「兵隊だ。殺せ、殺せ」

真一は、狂ったように叫んだ。

「ぬげ」

男は、素気なく言うと衣服を指先で突いた。

体が、土の上におろされた。

「ぬげ」

再び男が言うと、下着に手をかけ荒々しくひきむしった。

真一の体は、よろめいた。

「歩け」

男が言うと、背に銃口がつきつけられた。

真一は、素足で歩き出した。

不意に、捕虜になったのは自分一人だけだという思いが、胸をしめつけた。悲しみと羞恥が、全身にひろがった。

足が宙に浮いているように、歩いている感覚はなく、ただ眼の前には乾ききった白っぽい土があるだけだった。

母の顔が、眼の前に浮び上った。教場で学生服を着て授業を受けている自分の姿が思い起された。それらは、遠い薄れかけた記憶のようにしか感じられなかった。ゆるい傾斜を、真一は強い眩暈《めまい》に堪えながらのぼって行った。足の裏に感じられる土は、すでに郷土の、祖国の土ではないことを強く意識していた。

傾斜をのぼりきると、アメリカ兵が鋭く口笛をふいた。

真一は、顔をあげた。

前方にトラックが一台とまり、その近くにアメリカ兵にかこまれた十名ほどの人間が坐っているのがみえた。

老婆と子供づれの女以外は、髪も髭ものびた裸体の男たちだった。おびえたようなかれらの眼が、真一に向けられた。

捕虜になったのは自分だけではなかったのか、というかすかな安堵が湧いたが、それはすぐに消え、身の引きさかれるような屈辱感と羞恥がふき上げてきた。

かれは、再び顔を伏すと裸身の人間たちの方へ近づいて行った。

解説

昭和二年生まれと戦争

森　史朗

一

　筆者が現役編集者時代に昭和二年生まれの作家同士、吉村昭・城山三郎両氏の対談を企画したことがある。

　昭和二年生まれといえば、いわゆる「末期戦中派」で、一年早く生まれていれば徴兵「兵役組」、一年後だと「学童疎開」戦後派世代となる。歴史の狭間《はざま》に生を享《う》けた、極端な世代ということになる。

　昭和二年生まれの、二人の作家に象徴されるのは「軍国少年」時代で、もちろん歴史の反省と自戒の意味をこめているが……。

　吉村氏は文壇付き合いをしない、仕事一筋の作家として知られる。城山氏も孤高の作家というべき人物で、茅ケ崎の海を見下ろすマンションに仕事場を設け、執筆一本槍の人生である。

二人は初対面であったが、同一世代の誼《よしみ》もあってかじつに話が合い、弾み、たちまちお互いを「戦友」と呼びあう付き合いになった。

とくに二人の作家が共感したのは、「戦後へのわだかまり」である。

軍国少年といえば、戦後は「暗黒時代の象徴」であり、「忠君愛国教育の申し子」のように一言で片付けられる。そして、一般世論でも戦争の責任は軍人にあり、「大衆は軍部にひきずられて戦争にかり立てられた」とする風潮が主流だ。

はたして、本当はそうだったのか。

昭和二年生まれの少年たちは当時、国を愛し郷土に誇りを抱き、父や母、家族のために命を捧げても構わないと、心底から考えていた。その純粋無垢な真情に、偽りはない。

だからこそ城山少年は十七歳で海軍特別幹部練習生を志願し、大竹海兵団に入団。わずか三カ月で敗戦をむかえたが、戦争が継続していれば、特攻兵として戦死したことはまちがいない。

東京・日暮里生まれの吉村昭の場合は、少年時代、中国の首都「南京陥落」を祝って提灯行列に狂喜する近所の人たちがあり、日米開戦後はシンガポール陥落、マニラ攻略の戦勝のたびに街角の大看板に掲げられた大地図に競いあって日の丸の旗をピンで刺す大人たち……。皆が喜々として、だれひとり「戦争反対」などと、口にする者はいない。

そんな空気の中で吉村少年は育ち、開成中学時代、勤労動員の途中で肺浸潤を患い、療養した。昭和二十年八月、徴兵検査を受け、第一乙種合格となるが、敗戦。わずか一カ月で、戦時下から一転して戦後の混乱期に激変した。日の丸が消え、星条旗が市街にあふれ、街の男女がジープに群がる戦後日本への違和感は、二人の昭和二年生まれの作家に拭《ぬぐ》いがたい不信を抱かせた。

とくに、「兵役世代」の第三の新人グループのひとりが徴兵検査のさい、醬油をたらふく飲んでおいて不合格となり、戦争忌避《きひ》をつらぬいたと自慢げに書いているのを知り、吉村氏が激怒する表情を直接見たことがある。

「たとえ徴兵拒否に成功したとしても、代わりに同じ世代の若者がだれかひとり、戦場に送られるだけじゃありませんか」

日ごろ温厚な吉村氏が、珍しく険しい顔つきで語気を強めた。

「それは戦争反対とか、徴兵拒否でも何でもない。単に卑怯なだけじゃないですか」

二

吉村昭氏は自作を語るエッセイ集の中で、本書執筆の動機を明らかにしている。それによると、戦争記録を読み進めている中に、沖縄戦で中学二年生以上の生徒が陸軍二等兵として戦闘に加わり、多くの中学校生が死にさらされていたことに驚きを感じた。

鉄血勤皇隊がその隊名であり、「比嘉真一陸軍二等兵」が主人公のモデルに擬せられた名前である。

少年兵は十五歳で、吉村氏より二歳年下。背丈は低く「軍服はダブダブ」。兵器は不足していて、竹槍と手榴弾を与えられた。これで、日本列島唯一となった沖縄地上戦を戦うのである。

「体の小さい少年の必死の戦争が、そこにはあった」し、「もしも私が沖縄県下の中学生生徒であったら、同じような戦争を経験した」と、作家は書く（『万年筆の旅』）。

さて、沖縄戦といえば連合国軍の戦艦、空母あわせて三九隻、攻略艦船一五〇〇隻、兵員一八万三〇〇〇名。一方の日本側は陸海軍兵約九万五〇〇〇名。圧倒的な物量差の戦闘だが、入隊第一日の比嘉二等兵の高ぶる昂揚感は押さえがたいものがある。

「老幼婦女子を守るために、郷土を守るために、自分のこの肉体が要求されている。鉄血勤皇隊か、……その言葉のひびきは、かれに満足感と優越感をあたえてくれた」

この比嘉二等兵の感懐こそ、昭和二年生まれの作家吉村昭そのものといえる。沖縄戦では、同じ世代の少年たちが銃をとり凄絶な戦闘の中で死にさらされていた。「他人事ではない」と衝撃を受けた作家は、もし沖縄に生まれていれば「鉄血勤皇隊の一員となり、銃をとっていた」と切実な思いでこのテーマに取り組んだ。

沖縄戦の取材は、いつものように徹底をきわめた。「鉄血勤皇隊だけでなく、納得がゆくまで滞在したい」と決めた吉村氏は、那覇市内に長期滞在用アパートを借りうけ、結局取材期間は二十日間を越えた。交換した名刺は八十枚を数えた。

まず、沖縄県民全体の戦闘を知るために県庁関係者、鉄血勤皇隊の編成、実態を知るために県庁警察部、その他各部門。吉村氏は県庁関係者のだれもが慕う島田叡《あきら》長官（県知事）の名前を文中で挙げている。

島田長官は沖縄戦史にも登場する名だが、鉄血勤皇隊が結成され、陸軍第三十二軍命令で「有事の際には、戦闘に参加させる」とあるのを、「戦闘部隊ではない」と明言し、軍命令に抵抗を示した。

吉村氏も沖縄戦敗北の日、「島田長官が海中に入って命を断ったらしい」との伝聞を、追悼の意をこめて紹介している。

取材メモを見ると一日に六名。朝十時から午後八時までの濃密なインタビューの日程が組まれている。米軍の上陸戦は三月二十六日の慶良間《けらま》列島にはじまり、五月下旬、陸軍司令部は首里から摩文仁《まぶに》の丘に退却した。

この間、一般住民九万四〇〇〇名が戦場で亡くなり、軍による県民虐殺、また軍自身による降服志願者への銃撃……いまなお沖縄県民を巻きこんでの牛島満軍司令官、長勇参謀長の責任を問う声が多い。

吉村氏の取材は当然のことながら、鉄血勤皇隊一七八〇名、師範学校女子部、県立第二高女などの女子生徒五八一名が、従軍看護婦として野戦病院ではたらかされた事実を追っている。

彼女たちもこれら悲惨な戦場の現実を身に沁みて体験しているはずだが、吉村氏を驚かせたのはつぎの一言である。

「（生き残った）彼女たちの口からもれる回想は、私の想像をはるかに越えたものだった。

『初めて敵を見た時、口惜《くや》しくて。手榴弾でやっつけたかった』」

比嘉二等兵は前線への食料運搬と負傷者の後方移送の任務があたえられ、志願した斬込隊員には選ばれなかった。地獄の戦場で、米軍の艦砲射撃に身をさらしながら必死に生きぬいてゆく少年兵……。死体の山に身を隠しながら、あくまでも戦いを止めない鉄血勤皇隊員。作者の思いは比嘉少年の行動に托される。

そして比嘉真一少年兵が目にしたのは、「手榴弾を一つゆずってください」と自決用に懇願する昭和高女の女子生徒の思いつめた顔である。そしてまた、米兵の投降を呼びかけるスピーカーに海岸の岸壁に追いつめられた住民の女性が「もうおしまいですね」とつぶやく声。

「やがて、女生徒たちが立ち上った。

『お世話になりました。ありがとうございました』

彼女たちは、丁重に頭をさげると、小柄な女生徒の体をかかえるようにして崖下へおりていった」

これこそまさしく国に殉じた人たちの物語であり、作家吉村昭が体感した慟哭《どうこく》と十五歳の少年時代への魂の遍歴にほかならない。

（作家）

文春文庫

殉《じゅん》国《こく》
陸軍《りくぐん》二《に》等兵《とうへい》比《ひ》嘉《が》真一《しんいち》

定価はカバーに
表示してあります

2020年7月10日　新装版第1刷

著　者　吉《よし》村《むら》　昭《あきら》
発行者　花田朋子
発行所　株式会社　文藝春秋

東京都千代田区紀尾井町 3-23　〒102-8008
TEL 03・3265・1211㈹
文藝春秋ホームページ　http://www.bunshun.co.jp

落丁、乱丁本は、お手数ですが小社製作部宛お送り下さい。送料小社負担でお取替致します。

印刷製本・凸版印刷

Printed in Japan
ISBN978-4-16-791532-2